翼ある后は皇帝と愛を育む

tsubasa aru kisaki ha koutei to ai wo hagukumu

「あ、っ……だめ、っそこは……さわ、さわったら、っ」
　スハイルのものといやらしく絡み合うように寄り添った自身を握られると、ユナンは思わず甲高い掠れた声を漏らした。

翼《つばさ》ある后《きさき》は皇《こう》帝《てい》と愛《あい》を育《はぐく》む

茜《さい》花《か》らら

ILLUSTRATION：金《かね》ひかる

翼ある后は皇帝と愛を育む

LYNX ROMANCE

CONTENTS

翼ある后は
皇帝と愛を育む

トルメリア城にはドラゴンの王妃がいる。

それは他愛《たわい》のない市井の噂《うわさ》のようなものだ。

誰が言い出したことかも知れない。国の役人たちに尋ねれば何を馬鹿なことをと笑い飛ばされるだろうし、根も葉もなければ突拍子もない冗談だ。だからこそ、巷《ちまた》にその話は広まった。

トルメリア王国建国以来の美しさと言われるスハイル・フォン・トルメリアが后《きさき》を娶《めと》ったとお触れが出たのはその少し前のことだ。

国中の娘たちが恋い焦がれ、どこの貴族の娘を娶るのか、あるいは近隣諸国の姫を輿入れさせるのかと待望されていた国王の選んだ相手は、まるで宝石のような人だった。

吸い込まれるような碧色《あおいろ》の髪が流れるように美しく、翠色《みどり》の瞳《ひとみ》は色のない長い睫毛《まつげ》で隠されている。透き通った白磁のような肌にぷるんと色付いた紅色の唇は熟れた果実のようで、よほど寡黙なのか未《いま》だ国民にその声が発せられたことはない。

風が吹いたら飛んでしまいそうなたおやかさは可憐《かれん》で、凛《りん》とした佇《たたず》まいのスハイル王と睦《むつ》まじそうにする姿は国民の憧《あこが》れにもなった。

——しかしその王妃がどこから来た何者なのか、誰も知らない。

謎《なぞ》に包まれた王妃。

それが、ドラゴンだなどという噂をよけいに面白《おもしろ》おかしく脚色しているのかもしれない。

「だいたいこういうのは、ムキになって否定するほど怪しまれるものだ」

寝所で重いため息とともに吐き出したスハイルの表情が険しいのは、最愛の王妃であるユナンの耳にそんな噂が届いてしまったことを憂いたせいだ。

スハイルという、見た目も神々しいばかりの白金の国王は普段はこんなに難しい顔をする男じゃない。そのことは、この城に捕らわれてきて以来ずっとスハイルのことを見てきたユナンにはわかっている。

「第一、否定をすれば俺は生涯その嘘《うそ》をつき続けなければならないことになる」

そう言ってもう一つ息を吐いたスハイルが、ベッドに身を横たえたまま筋肉質な腕を伸ばした。その手の先が、傍らに腰を下ろしたユナンの髪に触れる。碧色の髪が揺れて額があらわになると、小さく伸びた角が姿を覗《のぞ》かせた。

ユナンはわずかに首を竦《すく》めて曖昧《あいまい》に笑うと、スハイルに促されたかのように大きな掌《てのひら》へ頬《ほお》を埋《うず》めた。

王妃がドラゴンだというのは、本当の話だ。

トルメリアの暦が一周と半分も巡るほど前のこと。国の西に位置する森の湖に潜んでいたユナンは他でもないスハイルの手によって捕らわれた。

最初は攻撃から逃れるためにとったヒトの形だったが、今はこうしてスハイルと一緒にいられることの形が、一番居心地がいいと感じられる。

ドラゴンの姿でいては、こうして優しく髪を撫《な》でられることも頬をくすぐられることも、口吻《くちづ》けすることも叶《かな》わないのだから。

「王妃とはいえ、ユナンが本当は男だということくらいは言ってもいいものだと思うけどな」

「……っ！　そ、それは」

唇を尖《とが》らせてあどけない表情を晒《さら》したスハイルがぼやくと、ユナンは頬を撫でられた心地よさも忘れて思わず竦み上がった。

「それを明かせば、わたしがドラゴンだということも話さなくてはならなくなります」

なにしろ、ヒトのオスは子供を孕《はら》むことができない。

しかしスハイルとユナンの間には既にメロとリリという双子の王子がいることが国民の前で披露されている。

父王によく似た金色の髪をもつ美男子のメロと、王妃によく似た碧い髪の愛らしいリリ。宝石のような二人の麗しい王子に恵まれた国民は国王の婚儀を心から喜んでくれている——のだが。

王子を産むことができたのは、ユナンがドラゴンだからだ。

それを隠すために国民の前では極力顔や骨格を隠し、声も発しないように気をつけているというのに。

「そうか……それは困るな」

スハイルは珍しくぼんやりとした口調を唇に乗せて、驚きのあまり離れてしまったユナンのぬくもりを求めるように指先を泳がせた。

ベッドを軋《きし》ませながらユナンがおとなしくスハイルの隣に身を横たえると、まるでそうしていることが当然だとでもいうように肩を抱き寄せられる。

全身でスハイルの体温を感じる、この時間がユナンには何ものにも代え難い幸福だった。

自らも体を擦り寄せ、スハイルの逞《たくま》しい腰に腕を回す。スハイルの鼻先が頭上に埋められたのを感じた。

「お前がドラゴンであることを隠すのは本意じゃない。……が、お前を危険に晒してしまうよりはずっといい」

ユナンの髪に顔を埋めたスハイルが大きく息を吸って、吐き出す。

額に生えた角をくすぐるその吐息にユナンが少し身動《みじろ》ぐと、それを諌《いさ》めるようにスハイルの腕の力が強くなった。じゃれているだけだ。ユナンもふざけて、足を軽くばたつかせてみせた。スハイルの低い笑い声が聞こえる。

ドラゴンは本来、こうしてヒトと共生する存在ではない。

ドラゴンとヒトの長い歴史の中では共存していた時代もあったのかもしれないけれど、少なくとも近年はずっと、ドラゴンはヒトから狩られるべき存在だ。

最初はヒトに害を及ぼすものとして恐れられていた。しかしやがて環境の変化などが原因でドラゴンが減少してくると、ヒトはドラゴンの鱗《うろこ》や生き血、牙《きば》や角などを希少価値のあるものとして収集しはじめるようになった。

それは、ドラゴンとしてはまだ年若いユナンにとっても他人事《ひとごと》じゃない。

ユナンが以前棲《す》んでいた西の森で密猟者たちに襲われたことはまだ記憶に新しい。あの時は、スハイルたちが助けに来てくれたから無事で済んだけれど。

もしトルメリアの王妃がドラゴンだなんてことが広く知られたら国民は恐れおののくだろうし、諸外国から攻め入られかねない。ドラゴンは忌むべき存在、というのがこの世界の常識なのだから。

それなのに、スハイルはこうしてユナンの体を抱いている。

最初は退治すべきドラゴンとして城に捕らえてきたはずなのに——いや、そもそも問答無用で排除するべきだったドラゴンを、国民の不安を払拭《ふっしょく》するために城に捕らえておこうなんて考えること自体、スハイルは他のヒトとは違っていた。

「ユナン？」

押し黙ってしまったユナンを心配するように、スハイルが腕の力を緩めて顔を覗き込んできた。榛色《はしばみ》の瞳が間近で煌《きら》めいて、うっとりするような馨《かぐわ》しい香りがユナンの鼻をくすぐる。ともすれば、自然と吸い寄せられて口吻けたくなってしまうくらい。

「安心してくれ。誰にもお前を、傷つけさせたりしない」

ユナンが静かになったのを、不安に感じさせたせいだと思ったのだろう。スハイルは頬擦りするように唇を寄せて、肩を抱いていた手をユナンの腰に滑り下ろした。

「もちろん、子供たちもだ。二度と危険な目には遭わせないと誓おう」

スハイルの掌が、ユナンの腰を労《いたわ》るように優しく撫でる。ユナンも無意識に、自分の腹部をそっと撫でた。

ユナンのお腹《なか》の中にはスハイルとの第二子が宿っている。もっとも、最初に生まれた子供たちが双子だったから三人目ということになる。

ヒトとドラゴンのハーフである子供たちは早いうちに子供部屋で眠るようになって、おかげでこうして早々に次の子供を宿してしまった。

ユナンが再び受精したことがわかったのは、つい先日のことだ。

そもそもドラゴンは卵で子供を産み落とすから、次の子作りができるようになるまでヒトよりも時間を要さない。

さすがに子供たちと寝室を一緒にしているうちは気が引けたものの——夫婦だけになってしまうと、スハイルに触れていたくて、口吻けられると嬉《うれ》しくて、一度覚えてしまった悦《よろこ》びをまた一緒に感じたくなって、溺《おぼ》れるように毎晩交わってしまった。

交尾をしたら、子供ができてしまう。

たとえユナンがオスでも、ドラゴンはそういうものだ。

それはわかっていたし、スハイルにも何度も言ったのだけれど。なぜかスハイルはユナンが「子供ができてしまう」と訴えれば訴えるほど、より激しくオスの本能をむき出しにしてユナンを深い絶頂に導いた。

やはりヒトも動物の一種だから、子を為《な》すという本能をくすぐられると興奮してしまうのかもしれない。

今はユナンが産卵するためにかつて作られた庭の温室を、再び産卵に適した環境にするため庭師たちが急いで作業をしている。

産卵は、ドラゴンの姿に戻らなければできない。お腹の中の卵が大きくなればヒトの体では到底収まりきらなくなって、大きなドラゴンの姿に戻るために広い場所が必要になる。

城の中にドラゴンの姿を隠しておくというだけでも、大変なことだ。

なにしろ人の口に戸は立てられない。

庭師は城壁の外から臨時で呼んでいる者もいるし、温室をきれいにして大きな体が横たえられるように空間をあけて――それが何のためにしていることなのか、噂の出処《でどころ》はそんなところが発端なのだろう。

そもそも、スハイルは隠しごとに向いていない。こと、国民に対しては。

彼の君臨するこのトルメリアが豊かで平和な治世が続いているのは、国民から国王への信頼が篤いためだろう。スハイルもまた、自分の国の民を愛し、慈しんでいる。

だから、これは嘘をついているのじゃない。ただ話していないだけ、というのが彼の理屈だ。

正確には、幼い頃から彼に仕えてきた側近の一人であるリドルという臣下の注進だけれど。

「……スハイルに隠しごとをさせてしまって、すみません」

「お前が気にすることじゃない」

無意識に視線を伏せると鼻先で頬を撫でられて、スハイルの顔を仰ぐ。ちらりと目が合った瞬間、短く唇を吸い上げられた。

未だに、その柔らかな唇に触れられると一瞬息が詰まって、すぐに顔が熱くなってしまう。耳の先から胸の奥、爪《つま》先まで急に血が巡って鼓動が早くなる。

スハイルに見つめられて唇をついばまれるだけでもこんなに苦しいのに、それでも、もっと舌の奥まで舐《ねぶ》ってほしいと望む自分のちぐはぐさには呆《あき》れるくらいだ。

「ユナン、俺はお前がいればそれでいいんだ。お前がドラゴンだと知っていて愛してしまったのは俺なのだから、お前はただ俺のそばにいてくれさえすればいい。俺はお前を幸福にするために妻になってほしいと言った、その気持ちは今も変わらない。……だからそんな顔をしないでくれ。俺の可愛《かわい》いユナン」

そっと頬に手をかけられて瞳を覗き込まれると、胸を締め付ける苦しさが喉《のど》までせり上がってきて、唇が震えてしまう。

スハイルの瞳に映っている自分の顔はひどく切なそうで今にも泣き出しそうで、それでいてどこかはしたなさも隠しているように見える。スハイルにはいったいどんな表情に見えているのだろう。

「わ、……わたしは、スハイルを幸せにしたいと、思っています」

苦しくて、喘《あえ》ぐように言葉を絞り出すと、自分でも驚くほど甘えたような声になった。

それを聞いたスハイルは少しだけわざとらしく驚いたように目を丸くした後、蕩《とろ》けるように双眸《そうぼう》を細めて笑った。世界中の砂糖菓子を集めて煮詰めても、こんなに甘くなることはないだろうというほど優しい表情で。

「そうか、それじゃあ同じだな」

「……おなじ？」

シーツの上で身動いだスハイルの長い足が、ユナンの足を撫で上げるように割り入ってくる。足を絡めて眠るのはいつものことだし、その膝頭《ひざ》で寝衣の裾《すそ》がめくり上がっても仕方のないことだ。だけど――強く抱き寄せあってぴたりと合わせた体が、お互いいつもよりも熱くなっているような、そんな気がする。

スハイルだけじゃない。ユナンのほうが鼓動が強く、息もひとりでに弾《はず》んでしまっている。

「俺はお前を幸福にしたい。お前にはいつも笑っていて欲しい。俺のそばで安心して欲しい。お前は、俺に幸せになって欲しいんだろう？　俺は、お前と子供たちがそばで笑っていてくれたらそれが何よりの幸福だ」

「スハイル……」

胸が詰まって声になるかならないかというほどの小さなつぶやきは、スハイルの唇に吸い込まれた。肩を抱き寄せられ、上唇、下唇と柔らかく食《は》まれた後で舌がそっと入り込んでくる。ユナンはおずおずとそれに自分のものを触れさせると、無意識に喉を鳴らした。

初めてスハイルと口吻けをしてから、もう何百回と、唇を重ねない日などないのじゃないかというほど繰り返していても未だに胸が破裂しそうになる。

絡ませた舌の先から甘い痺《しび》れが広がって、指先まで震えてくる。スハイルの寝衣にしがみついていないと怖いくらいで、何度もすくい上げるように歯列から上顎《あご》まで舐られると丸く開いた唇から熱くなった吐息が漏れた。

「ん、ぁ……っはぁ、っあ……ん、ぅ」

息と一緒に溢《あふ》れてしまう声を殺そうとするのに、そのたびに舌を短く何度も吸い上げられて歯の根が合わなくなってくる。背筋まで震えて、ユナンはシーツの上で思わず足をもじつかせた。

「ぁ……っ！　だめ、スハイル……っだめ、だめ……です」

知らず自身の腿《もも》を擦り合わせようとしたユナンの足の間にスハイルが膝頭を突き上げてきて、慌ててベッドを軋ませる。

それ以上スハイルの膝が上がってきたら、ユナンのものに触れてしまう。

しがみついていたスハイルの胸をやんわりと押し返してゆるゆると首を振ると、熱い指先がユナンの顎を押さえた。

「駄目？」

睫毛がぶつかるほど近い距離で薄く開いたスハイルの瞳が、妖《あや》しげな光を湛《たた》えてユナンを覗き込む。

ユナンだって、頭の芯《しん》まで蕩けそうな気持ちになっている。スハイルと同じだ。

熱くなって、蕩けあって、一つになって、スハイルを飲み干したい。スハイルにも、ユナンに溺れて欲しいという欲がある。だけど。

「そ、……それ以上は、だめ……」

鼻にかかった甘い声を、自分でも抑えられない。

もっとスハイルの濡《ぬ》れた舌を自分からも吸い上げて、何度も柔らかな唇を合わせては離してどれだけスハイルのことを愛《いと》しいと思っているか囁《ささや》いて、また吐息を絡め合いたい。

でもこれ以上したら――我慢が、できなくなる。

「ユナンも、熱くなっているだろう？」

スハイルの熱い息が鼻先をくすぐる。それだけでも眩暈《めまい》がしそうなのに、一度は押し留《とど》めたスハイルの足に内腿を擦《こす》り上げられるとどうしようもなく背筋が跳ねてしまう。

スハイルは意地悪で言ってるんじゃない。薄く開かれた榛色の瞳も熱で潤んだように光っていて、眉根は切なそうに寄っている。

スハイルもユナンも、同じ気持ちでいる。狂おしいくらいに。

「……それでも、『駄目』？」

どことなく甘えた子供のようなスハイルの口ぶりに、思わず唇が弛緩《しかん》して笑ったような息が漏れてしまう。

「だ、……だめ。だって、卵が……」

膨《ふく》らんだ腹部に掌を伸ばしてスハイルを上目で窺《うかが》うと、熱くなった頬に濡れた唇が落ちてくる。

頬に口吻けられるのも胸がきゅっと引き絞られるようで嬉しいけれど、思わずもっと唇に、と顎を上げて乞いたくなってしまってユナンはすんでのところで自分を押し留めた。

これ以上の睦みは駄目だと自分でスハイルを拒んでおきながら、もっと口吻けて欲しいだなんて。

「スハイル、苦しいですか？　それなら……ええと、」

ユナンがそうなっているように、スハイルのものも熱く滾《たぎ》っていることはわかっていた。少しユナンが身動いで腰を擦り寄せれば、すぐに寝衣の下の剛直を感じ取ることができる。

こういう時は、手で優しく撫でてあげればいいのだということくらいはユナンだって知っている。

スハイルのものを慰めることはユナンにとって幸せなことだ。ヒトの王はこういう時に第二、第三の妻を娶ることもできるのだそうだから。

スハイルがユナン以外に見向きもしないことは、トルメリアの大臣たちにとってはあまり喜ばしくないことなのかもしれないけれど——ユナンは、嬉しい。

「俺は、ユナンを感じたいんだ」

スハイルの下腹部におそるおそる手を伸ばしかけたユナンの首筋に唇を埋めたスハイルが、拗《す》ねたような口調で言う。

「……わがままか？」

まるで、一番大きな息子みたいだ。

そう思うと笑ってしまいそうになるけれど、でもユナンは自分の子供相手にこんなに胸をときめかせたりしない。

ユナンの伸ばした手を絡め取って下肢から遠ざけ、そっとシーツに押し付けたスハイルがゆっくりと覆いかぶさってくるとユナンの体の奥がむずむずとしてくる。

「わがまま……かもしれないけれど、……わたしも、同じ気持ちです」

スハイルの体を慰めることは少しも嫌じゃない。

上手にできるかどうか自信はないけれど、ユナンの手でスハイルが心地よくなってくれるなら嬉しいとも感じるだろう。

でも、どちらかといえばユナンだってスハイルと繋《つな》がりたい。

交尾の快感を得たいというより、スハイルの肌を、体温を、鼓動を感じたい。スハイルもそう思ってくれているのだと思うとなおさら切なさが増してくる。

「同じか。よかった」

安堵《あんど》したように吐息で笑ってうっとりと双眸を細めたスハイルが唇を寄せてくると、ユナンからも顎先を上げてその口吻けを迎える。

いつもならこのまま性急に寝衣の上から体を求めあって、弾ませた息を絡めながら下肢を擦り寄せるのだけれど。今は、そうするには難しいくらいユナンのお腹が大きくなっている。

「スハイル、……あの、でも……」

ベッドの上で体をもじつかせながらユナンがそれでも首を竦めるとスハイルが優しく髪を撫でた。ユナンの上に覆いかぶさったスハイルもいつものように体重を移してはこないし、お腹の中の子供のことを忘れているわけじゃないはずだ。

繋がりたい気持ちは同じだと確かめあえるだけでも、ユナンには充分な気がした。

スハイルに唇をついばまれるたびに卵《こども》を宿した下腹部がきゅうっと引き絞られるように疼《うず》いて、はしたない気持ちが募るけれど。

「ユナン、横を向いてごらん」

小さく息を吐いたスハイルに、言葉とともに肩を抱かれて寝返りを促される。

この体で卵を抱えられる限界まではヒトの形でいたくて横臥《おうが》して眠っているのだけれど——するりと背後に回ってしまったスハイルのぬくもりを追って、ユナンは首をひねった。

「大丈夫、じっとしていて」

「……っぁ、」

背中からユナンの体を抱きしめたスハイルの手が胸を弄《いじ》ると、ユナンは思わず膝を引き寄せて体を丸くした。

下肢が寝衣を持ち上げてしまうほど、熱を帯びている。それはスハイルの指先で掠《かす》められた胸の上も同じだ。服が擦れるだけで痛みを感じるくらい過敏になっている。

「ぁ、っんゃ……っスハイル、……だめ、そこ……っ」

服の上から突起を確かめるようにつままれると、丸めた背中を捩《よじ》り、時にのけぞってしまってとてもじっとしていられない。

まくり上げられて乱れた寝衣の裾を摑《つか》んで下肢を隠していても、ユナンが身動ぐたびに背後からスハイルの腰を擦り寄せられていてはとても収まりそうにないし。

「スハイル、……っだめ、こんなこと――」

どうしたって叶わない欲を持て余して焦《じ》らすなんて、スハイルらしくもない意地悪だ。

「繫がることはできなくても、愛し合うことはできる。『交尾』は、子供を成すためだけじゃないだろう？」

ユナンのうなじに押し付けられたスハイルの唇が熱い。

種を残すためだけの交尾じゃなく、伴侶《はんりょ》を愛しいと思うから触れていたい、貪《むさぼ》り合いたいと思うのはユナンもスハイルを想《おも》うようになって初めて知った気持ちだ。その気持ちに変わりはないけれど――。

「そん……なこと、できるんですか？」

卵を宿した状態でスハイルのものに激しく突き上げられては何があるかわからなくて怖いものの、もし、そうしないで愛し合うことができるなら。

ユナンが背後のスハイルを窺いながら震える声で尋ねると、答えを口にする代わりにスハイルの掌が胸からお腹へ滑り降りてきた。さらに、ユナンが握りしめた寝衣の裾をたくし上げるように下腹部へと向かっていく。

「――ぁ、っ……」

不意に下肢があらわにされて外気に触れると、ユナンは小さく喘いで震えあがった。

自分の体がいかに熱くなっているか思い知らされるようで、恥ずかしくもある。だけどそんなことを考える間もなく背後から擦り寄せられたスハイルの隆起が双丘に触れてくると、ユナンは期待と不安を同時に浴びせかけられて思わずスハイルの腕を握った。

「ユナン、怖がらなくていい。俺がどんなにお前と、子供たちを愛しているかわかっているだろう?」

それは、これから生まれてくる子供も同じだ、と言っているように聞こえた。

お腹の中の子供に負担をかけさせるようなことをスハイルはしない。

不安を覚えてしまったことを申し訳なく思ってユナンが肯《うなず》くと、うなじにあったスハイルの唇《じ》が耳朶《だ》の裏、首筋、肩へと移っていく。何度も音をたてて吸い上げられるものだから、それだけでも体が疼いてしまう。

そうしてユナンが両の足を擦り合わせていると、双丘に触れていたスハイルのものがその間にぬるりと滑り込んできた。

「っ、！　ぁ、あ……！」

ユナンの肩をあらわにさせて口吻けていたスハイルも、少し息を詰めたようだった。

いつもは体の中へ入ってくるスハイルの熱が双丘の谷間を通り、腿の隙間《すきま》を通ってユナンのものと重なるように前へ突き出している。

なんだか変な気分だけれど、互いに過敏になっているものが触れ合っているとそれだけで頭が痺れてくるような快感がある。

「これなら、お互いを感じられるだろう」

「は、……っぅ、ん、はい……」

背中いっぱいにスハイルの存在を感じながら、密着させた腰をゆっくりと動かされるとユナンの腿の間をスハイルの熱が行き来しているのがわかる。

腿だけじゃなく、双丘や、反り返ったユナン自身の裏側にもスハイルの剛直があたるとたまらない気持ちで腰が跳ねてしまう。

スハイルが腰を揺らめかせるごとにねちねちという濡れた水音が微《かす》かに響いてくる。ユナンの漏らした蜜《みつ》が糸を引いているのか、それともスハイルも先端を濡らすほどユナンを感じてくれているのだろうか。

「ぁ、っは……スハ、イル……っわたしは、どうしたらいいですか……？」

繋がって抽挿するのとはもちろん違うものの、ユナンはこの状態でも充分に身も心も満たされる。何より、背後から強く抱きしめられながらスハイルとの子供が宿ったお腹を撫でられて愛し合うのがこんなにも幸福だなんて。肉体的な快楽と同時に胸がいっぱいになる。

だけど、スハイルはこれでいつものように気持ちよくなれているのか、心配だった。

スハイルにも満足してもらいたい。

ヒトの交尾についてはほとんど何も知らないユナンにできることなんて多くはないけれど、スハイルが少しでも自分に溺れてくれればいいと大それたことを思ってしまう。

「このままでも充分だ。ユナンの顔を見ながら動けないのは残念だが、お前にも子供にも、負担をかけさせたくないからな。そのぶん可愛い声を聞かせてくれ」

「……っ」

そんなことを言われては、よけいに声をあげづらい。スハイルの要求にはなるべく応じたいとは思うけれど。

かっと朱をのぼらせたユナンの耳朶を背後から柔らかく食みながら、スハイルの掌が下肢で濡れそぼった二つの猛《たけ》りに伸びる。

「あ、っ……だめ、っそこは……さわ、さわったら、っ」

スハイルのものといやらしく絡み合うように寄り添った自身を握られると、ユナンは思わず甲高い掠れた声を漏らした。

背筋を反らし、腰をスハイルに擦り寄せるように突き出しながらいやいやと首を振る。それでもスハイルは手を離すことはなく互いのものを密着させながら腰を揺らめかせはじめた。

「んっ、あ、ぁあ、っぃや、っスハイル、だめぇ、っ」

くちゅくちゅと下肢からのぼる水音がさらに大きくなると、口では駄目だと言いながらユナンはたまらずに自分からも腰をくねらせてしまう。スハイルの手が動くたびに快感が背筋を這《は》い上がってきて、止まらない。

「ふ……、上手だよ、ユナン。そう……もう少し足を閉じてくれるといいかな」

「んぁ、は……っ、こう……ですか？」

足を交差させるように閉じて、後ろから差し込まれたスハイルのものを締めつける。

そうすることでスハイルの熱がより強く感じられて、ユナンの性感も上がっていくようだ。

「そう。すごいな、……繋がっているみたいだ」

上手にできたユナンを褒めるようにスハイルが耳の後ろを強く吸い上げると、また甘えたような高い声が溢れてしまう。

さっきまではスハイルを子供のようだと思っていたのに、これじゃユナンが子供になる番だ。もっとも、こんなはしたないことをしているのに子供もなにもないけれど。

「ぁっ、あ……っわたし、もっ……すごく、きもちいい、ですっ……スハイル、スハイル……っ」

双丘の薄い肉をスハイルの叢《くさむら》に擦りつけるように腰を突き出しながら、夢中になってスハイルの顔を振り返る。スハイルはすべて承知しているとばかりにすぐに唇を重ねてきて、唾液《だえき》に濡れた舌をあられもなく絡めあった。

お互い首を伸ばしていていつもの口吻けよりも苦しい体勢だけれど、まるで獣のように荒々しく貪りあうとひどく興奮していくのを感じる。

「んぁ、っぅ――……ん、っふ……んん、――……っぁあっ、ん、ぁっ……」

顎先まで涎《よだれ》で濡らしながら口吻けていると、不意にスハイルの手が寝衣の中の胸に触れはじめてユナンは鼻を鳴らした。

思わず身を捩り、銀糸を引いた唇が遠ざかっていく。

「んあ、っあ、ん――……っだめ、っあっ、あ……っん、あ、ぁっ！」

きゅうとつまみ上げられ、先端を捏《こ》ねるように撫でられるとそれだけで達してしまいそうなくらい脳の芯まで痺れていく。

子を宿して以来久しく愛し合っていないせいもあって、たまらない気持ちがぐんとのぼりつめてしまう。

「は、っ……いつもよりも淫《みだ》らで――可愛いな、ユナン」

唇の外に漏れ伝った唾液を舐《な》め啜《すす》りながら囁くスハイルの声もいつもより低く、オスの匂《にお》いを纏《まと》っている。

淫らだなんてそんな甘い声で言われたら、いっそう頭がぼうっとしてくる。ただでさえ、子供を宿している身でこんなことに耽《ふけ》っているなんて恥ずかしくてしょうがないのに。

「ふ、ぁ……っあ、ぁあ、っあ……っあ、っスハ、ル……っ、はずかし……っこと、いわないで……っ」

自分のこんなにあさましいところを、他の誰でもなくスハイルには一番見られたくないはずなのに、スハイル以外に見せる気もしない。スハイルが相手だから、こんなにも乱れてしまう。他のヒトとこんなことをするなんて想像もつかない。

スハイルを想う気持ちで頭の中も、体もいっぱいになっていく。

恥ずかしくてたまらないのに、背後から突き上げるように腰を打ち付けられると夢中で下肢を擦り寄せてしまう。

お腹の中の卵は大きくなっていて、こんなに激しく動いてはいけないとわかっているのに。

「ひぁ、んぅっ、う……ぁ、スハイル、すはいる……っ」

甘えた声で何度もスハイルを呼びながら身を捩っていると、スハイルもユナンの動きを押さえようと思ったのか、腰を摑まれて、しかしさらに荒々しく熱いものを擦り付けられて、ユナンは高い声をあげながらのけぞった。

スハイルの脈打つものが、きゅうっと収縮したユナンの双丘の谷間に食い込んで蜜を塗り込んでくるようだ。

中に、欲しいと思ってしまう。

今は絶対に欲しがってはいけないのに。

「ユナン、……っ子供が生まれたら、またたくさん交尾しような。毎晩だって、……何度だって」

スハイルも同じように感じてくれていたのかもしれない。

首筋に埋められた唇で苦しげに押し殺された声が囁くと、ユナンは小さく何度も肯いた。

「ぅ、っ……ん、スハイル、たくさん、ったくさんください……っ！」

喘ぐように熱い息を弾ませたユナンの細い体を、スハイルが強く掻《か》き抱いた。

拘束するような強い力で押さえられながら性急な腰遣いで互いの下肢を擦り上げられると切ない声が掠れて上ずって、細切れになっていく。

「ぁあ、っ、あっ……！　スハイル、……っスハイル、もう……！」

ユナンの肌に溺れるように唇を埋めたスハイルもくぐもった声を漏らして肯いた。

熱い呼吸と濡れた水音、煩雑な衣擦《きぬず》れの音がベッドにかけられた天蓋《てんがい》の中にこもって、もう何も考えられない。世界で一番愛しい人と交わし合う快楽のこと以外には。

「ぁ、っあ、あ――――……！」

スハイルの体温に包まれながら、挿入されてはいないはずの下肢に確かな繋がりを感じてユナンは短く痙攣《けいれん》して、甘やかな頂に達した。

＊　＊　＊

遠くで聞こえる微かな水音と、小鳥のさえずる声。

温室とはいえ換気のために開け放った天窓から暖かな空気が流れ込んでくると、木々の葉を揺らした風は爽《さわ》やかな香りを運んできた。

「うーん……そうですね」

しかし、ユナンの前に座ったリドルは額を押さえて難しい顔だ。

ユナンとリドルの間には繊細な細工が施されたテーブルと、そのテーブルに山のように積み上げられた書物がある。

ユナンは気恥ずかしさを書物の影にそっと隠して、眼鏡《グラス》をかけた気難しそうなリドルの顔を時折窺い見ていた。

リドルは、スハイルの右腕と言われる優秀な侍従長だ。

枢密院の議長をも兼任していて、トルメリアきっての智将と言われている。誰もが舌を巻くほどの博識で何カ国語も話せるし、スハイルが若くして国王としての手腕を認められているのもリドルの能力あってこそなのだそうだ。

知識も豊富で、頭の回転も速い。

そんなリドルが、ユナンの前で頭を抱えていると――ひどく、申し訳ない気持ちになってくる。

「私なりにお調べした限りでは、特に問題はないかと思いますが……如何《いかん》せん、医学書しか見識がないものですから。ユナン様がお望みであれば経産婦の下女に尋ねることもできますが」

「そ、そこまでしなくていいです！」

思わず情けない声を張り上げたユナンがたまらずに顔を伏せると、頭上からリドルの小さなため息が聞こえた。あるいは、呆れて笑われたのかもしれない。

呆れられて当然だ。

妊娠している身で交尾の真似《まね》事をしても子供に影響はないのか――なんて尋ねたら。

ユナンがスハイルと過ごす夜の出来事についてなんて、口外することじゃないとはわかっている。

だけどどうしても心配になってしまって。こんなことを聞ける相手といえばリドルしか思いつかなかった。

ユナンがドラゴンとして城に捕らわれてきた当初は少し怖いと感じたこともあるけれど、今ではスハイルの次に信頼しているヒトだ。

「それが良いでしょう。……他の者の経験談をいくら集めてもユナン様も同じとは限りませんし」

いつもの怜悧《れいり》なものとは違うリドルの声におそるおそる顔を上げると、リドルが困ったように眉尻《まゆじり》を下げて微かに笑っていた。

リドルがこんなふうに砕けた表情を見せてくれるのは、主にこの温室の中でだけだ。

もともとユナンの最初の産卵の時のために作られたこの温室は、その後もユナン親子が気兼ねなく利用できる離れのような役割を担っていた。

この中でならドラゴンの姿に戻っても他の人間には見られないから、のびのびと過ごしていい——というスハイルの配慮だ。

その役割があるためにこの温室に立ち入ることができる者は限られている。

そもそも未だにドラゴンに恐れを抱いている宰相などは、ここへは近寄りもしない。

だからこそなのだろう。この温室の中では、リドルもユナンを王妃と堅苦しく感じずに接してくれているという気がする。

「そう……ですよね。ヒトが大丈夫でも、ドラゴンも大丈夫とは限りませんよね」

いくらすっかりヒトの形に慣れたといっても、ユナンはドラゴンだ。

リドルに言い難《がた》いことを言わせてしまったことを恥じて、ユナンは首を竦めた。

すっかり大きくなったお腹を撫でて、まだ見ぬ我が子に問いかけてみる。

きっと、自分の両親が愛し合っていることが伝わって悪いことなんてないだろうという気もする。

でも、スハイルと交尾に似た行為をしている間、下腹部がきゅんきゅんと疼いていたのが産卵に影響を与えてしまわないかどうしても不安な気持ちが拭《ぬぐ》えない。我慢できずに夢中で腰を揺らめかせてしまったことも。

とはいえ、体調に変化があるわけでも卵が下りてきているという気もしないのだけれど。

「無事に産まれてきてくれればいいのですけれど」

スハイルも、もうすぐ兄になるリリやメロたちも、卵が産まれてくるのを今か今かと待っている。

もうじきヒトの形でいることの限界が来て、この温室でドラゴンの姿に戻って産卵の時を待つ。ドラゴンの姿に戻るのは久しぶりだからなんだか変な気分だ。

「――……、私はあなたが羨《うらや》ましい」

ぽつりと、リドルが何かつぶやいた気がしてユナンは顔を上げた。

「えっ？」

ユナンが聞き返すよりも前にリドルは鼻の上の眼鏡を押さえて視線を上げていたけれど、その視線は、ユナンの大きなお腹に向けられていたような気がする。

「いえ」

眼鏡から手を離したリドルの顔はもうすっかり、いつも通りの近寄り難いような澄まし顔になっている。

顎の下の長さで切り揃《そろ》えられたおかっぱ頭は彼にとてもよく似合っているけれど、時にその表情を隠してしまうことがあってもったいない気がする。

聞けばもうずっと小さい頃から顎の下で髪を切り揃えてばかりだと言うので、一度髪型を変えてみてはどうかと提案してみたのだけれど——自分は何を考えているかわからないくらいでちょうどいいのだと返されてしまった。

遠回しに言ったつもりの言葉を即座に読み取ってしまう頭の回転の速さがリドルらしくて、苦笑するしかなかったことをよく覚えている。

それにしたってせっかく美しい顔立ちなのに隠してしまうのは残念だし、こういう時に言葉を飲み込んでしまいがちなのもリドルの癖だ。

不意に見せる本音の表情を隠すために髪を伸ばしているのだろうか。

「リドル、あの……」

「無礼を承知で、後学のためにお伺いしたいのですが」

自分にはなんでも話して欲しい、と言おうとした出鼻をくじかれて、ユナンは目を瞬《まばた》かせた。

思わず椅子《いす》の背凭《もた》れに身を押し付けて、浅く肯く。

リドルの眼鏡が煌めいている。リドルが知識欲に駆られて夢中になっている時はいつもこんな調子だ。

だいたいこういう時、リドルはドラゴンの生態について尋ねてくる。

「卵というのは、母胎の中で動いたりはしないのでしょうか？」

「えっ」

リドルの表情は、至極真面目《まじめ》だ。

話を逸《そ》らそうとして無理やり出した疑問ではなくて本当に知りたいと思っているのだろう。

「人間は胎内に子供を宿している間、胎動があると言います。人間は子供を卵に包《くる》まずそのまま胎内に抱いているからです。子供が成長し、母親の胎内で動くことにより胎動が起こるらしいのです。当然、私は体験できるものではありませんが実際に懐妊された御婦人を触らせていただいたことがあります。卵で産み落とす場合それは――」

ユナンとリドルの間に積み上げた医学書――主にヒトの妊娠に関する書物など――を掻き分けて身を乗り出したリドルは、急に多弁になってまくしたてる。

ユナンが先の二人を産む前はここまで打ち解けていなかったから、リドルはもしかしたらずっと気になっていたのかもしれない。

　こんなに興奮した様子のリドルを見るのは初めてで、なんだかおかしい。

「卵は動いたりはしません。でももしリドルが触りたいのなら仰《おっしゃ》っていただければいつでもどうぞ」

　ヒトの妊娠についてはわからないけれど、卵を宿したユナンのお腹はカチカチに固くなっている。きっと、この感触だってリドルには興味深いものになるだろう。

「ありがとうございます。……ああ、しかし陛下に一度許可を得なければ」

「スハイルに？」

　ユナンが目を瞬かせると、今にも椅子を立ち上がってユナンのお腹に触りたそうなリドルがわざとらしく首を竦めてみせた。

　そういえば、スハイルは心を許した側近に対してさえやきもちを焼くところがある。ひどい時は、子供たちにさえユナンを独り占めしたいと言い出すこともあるくらいなのだ。

「……そうですね、念のためスハイルにお話しておきます」

　苦笑したユナンに、リドルも小さく笑う。

　温室にまた、柔らかな風が吹き込んできた——と思った、その時。慌ただしい足音とともに、遠くで温室の戸が開かれた音がした。

「母上！」

「母上、いますかー」

リリとメロの声だ。

硬くて重い足音はメロの、その後ろを追いかけるように小刻みについてきているのがリリの足音だろう。

「こちらに」

答えたのはリドルだった。

リドルは頭脳派だけれど有事の際は戦場にも出たことがあるらしい。よく通る、凜として涼やかな声だ。

「あ、リドルの声！」

メロの足音が急に早くなった。

「気をつけて」

温室はユナンがドラゴンになった時のために地面を平らに均《なら》してあるけれど、何もないところでも急に転ぶのが子供というものだ。ユナンが足音のほうを振り返って声をあげた時、茂みの向こうから子供たちの顔が見えた。

「リドル！」

先に飛びつくように駆けてきたのは、メロだった。

スハイルによく似た金髪の髪をなびかせながら、すっかり成長して長くなった足で走ってくる。

子供の頃は気持ちがはやるとすぐにドラゴンの羽で飛び回っていたから、未だにメロの姿を見ているとハラハラしてしまう。もしそうと口にすれば「もう子供じゃない！」と怒られてしまうだろうけれど。

ドラゴンと人間の血を引く彼らの成長は早い。

とはいえ、それは体の成長だけだと思っているのは親だけだろうか。

「リドル、今日は母上と勉強してたの？」

テーブルまで一目散に駆けてきたメロはユナンの前を素通りすると、リドルの顔を覗き込んで首を傾《かし》げる。

小さい頃からメロはリドルによく懐いているけれど、最近はますます顕著だ。なんだか早々に親離れされてしまったようで寂しくもある。

「ええ、もうすぐメロ様も兄上におなりでしょう。一緒に勉強されますか？」

「兄上になるために勉強が必要なの？」

リドルの意地悪な発言に小さくのけぞったメロが、ようやくユナンを振り向いて助けを求めるように眉尻を下げた。

「ふふ、尊敬される兄様になりたかったら必要かもね」

ユナンもリドルの意地悪に乗っかって笑うと、メロがええっと不満そうな声をあげる。その背中に、ようやくリリが追いついた。

ユナンと同じ碧色の髪は、メロの髪質よりも柔らかで汗ばむとすぐに額に貼《は》り付いてしまう。どこから走ってきたのかはわからないけれど、息も切らしていないメロとは打って変わってリリは肌を上気させて濡れた額からドラゴンの一本角を覗かせていた。

「メロ、早いね……」

リリは息も絶え絶えだ。

ユナンが慌てて椅子を勧めると、覚束《おぼつか》ない足取りでそこに腰を下ろす。

リリとメロはよく似ているようでも髪の色や瞳の色が違っているし、何よりも成長するごとに体の発育がまるで正反対だ。

よく運動するメロはこれから大人になれば筋肉質になるだろうと思わせる引き締まった体をしていて、体を動かすことよりも室内で書物を読んでいることが多いリリは華奢《きゃしゃ》で非力だ。

「弟にはリリが勉強を教えるから大丈夫！　おれは剣術で尊敬される兄上になるから」

急に名指しされたリリはなんの話かと目を丸くし、何故《なぜ》か産まれてくる子供を弟と決めつけているメロにリドルは肩を震わせている。

実際リリが勉強を、メロが運動を教えてくれることになるだろうけれど、メロにだって勉強はしてもらわないと困る。

二人のうちのどちらかはスハイルの跡を継いでもらうことになるのだろうから。

「あの、母上」

息を切らしたリリが呼吸を整えながらユナンの袖《そで》をつまんで顔を上げるのと、メロが「あっそうだ」と大きな声を発したのはほとんど同時だった。

「スカーを見ませんでしたか？」

頼りなげにユナンを見上げたリリの表情はまだあどけなく、ここまで走ってきたせいでぐったりと脱力してよけいに庇護《ひご》欲を掻き立てられる。

ドラゴンに抵抗のある城の従者たちでさえ、リリは可憐だと褒めそやすくらいだ。

「スカー？」

「そう、スカーが朝から見つからなくて。おれ今日も訓練の約束してるのに。騎士団の人たちもほとんど見つからないんだ」

リドル、知らない？　とメロは相変わらずリドルにご執心だ。

スカーはトルメリア騎士団の団長を務める男で、メロの剣術の師匠だった。

リドルがトルメリアの王政に欠かせない人物なら、スカーはこの国を守る上でなくてはならない人物と言われている。今となっては諸国との戦もない平和な国だけれど、それも騎士団の力あってこそ

だという。

「騎士団ならば今日は朝から市街に出ていますよ」

リドルが涼やかな声で答えると、リリとユナンもリドルを見遣《みや》った。

「市街に？　何かあったのですか？」

スハイルからは特に何も聞いていない。

朝話した限りでは、今日は執務室で宰相のお小言に付き合わされる予定だと言っていた。その後なにか問題が発生したのかもしれないし、あるいはスハイルが直接出向くようなことでもないのかもしれない。

スハイルは前線に出たがる向きのある王だ。だからこそユナンと出会えたわけでもあるけれど。

「……このところ、町で家畜が襲われる事件が続いているそうです。大きな騒ぎではありませんが、念のため調査に向かったのでしょう。騎士団が警備に回れば、国民は安心ですから」

リドルは眼鏡を押し上げながら淡々とした様子だ。侍従長としての近寄り難い雰囲気さえある。さすがのメロも、リドルの顔を覗き込むのをやめて背筋を伸ばしている。

「家畜が……」

調査中ということは、家畜を傷つけた犯人がまだわかっていないということなんだろう。

なんだか、胸がざわつくような話だ。

「警備は交代制です。じきにスカーも戻ってくるでしょう」

さっきまでの賑《にぎ》やかさが立ち消えた温室の雰囲気を振り払うように、リドルが乱暴に告げた。

リドルとスカーは仲がいいが故の口喧嘩《げんか》が絶えないというから、スカーが戻ってくるかどうかなんてどうでもいいと言いたげだ。

メロはその言葉に納得したように肯いたけれど、リリだけは心配そうにうつむいたままだった。

「今日はお忙しかったんですか？」

湯浴《ゆあ》みを終えたスハイルの肩に艶《つや》やかな糸で織られた寝衣を滑らせながらユナンは切り出した。

これはいつものことだ。

日中は忙しく執務に追われているスハイルと、子育てを任されているユナン。二人きりの時間が過ごせるのは夜だけだ。互いが今どんな仕事をしているのか、何を考えているのか——あるいはどんなことに頭を悩ませているのか。毎日少しずつでも気持ちを通わせたくて、どんなことも話すようにしている。

どんなに他愛のないことでも、楽しいことでも悲しいことでも、あるいはふとした時に相手のことを思い出して愛しくなったと感じたことでも良い。

ユナンにとってはスハイルと過ごす、眠る前のこの時間が何にも代え難い幸福だ。

そうして話しているうちに、この間の晩のように激しく求め合うことも少なくない。

「そうだな……議会が近いからな。国民からの嘆願書も溜《た》まっているし」

「嘆願書？」

腰紐《こしひも》を結ぶスハイルの前に回ってそれを手伝おうとすると、影が近付いてきて目を瞬かせる。疲れた様子のスハイルが身を屈《かが》めて頬を擦り寄せてきていた。

「ああ。税率がどうだとか、役人の態度がどうだとか。どれも無視できない問題だ」

トルメリアの国土はそれほど大きいとは言えないけれど、暮らす国民の人数は近隣諸国と比べても決して少なくないそうだ。

それなのに国民からの声が直接国王陛下のもとに届くというのは、国民からしてみたら心強いことだろう。スハイルは大変そうだけれど、国民の声を直接聞きたいと望んだのも彼自身に違いない。

「ふふ、お疲れ様です」

甘えるようにユナンの首筋に項垂《うなだ》れたスハイルの金糸のような髪を優しく撫でる。

スハイルの両腕もユナンの腰に回ってきては、柔らかく腰回りを擦《さす》るように撫でてくれた。卵が大きくなってきたおかげで腰が痛いだろうと労ってくれているのだろう。優しさが、掌から染み込んでくるようだ。

「そういえば、今日はスカーも忙しかったようですね」

「！」

スハイルの頭を抱くようにして柔らかな金髪の感触を楽しんでいると、その下の肩がぴくりと震えた。

どこか傷にでも触れてしまったか――というわけじゃない。

顔を上げたスハイルの顔を見ればわかる。子供のような純粋なやきもちの熱が、その目に灯《とも》っている。

「メロとリリがずっと探していたようです」

顔を上げてしまったスハイルにこちらから抱きついてその逞しい胸元に頬を預けると、頭上で小さく息が漏れた。

ユナンはこんなにもスハイルのことしか考えていないのに、未だにこんな些細《ささい》なことでやきもちを焼いてくれる人を可愛らしいと思ってしまう。

ヒトがみんなこんなにやきもち焼きなのではなくて、スハイルのそれは執拗《しつよう》すぎるとリドルはよく呆れている。ユナンはちっとも嫌じゃないから気にならないけれど。

「……ああ、市街地の見回りか」

「家畜が襲われたとか」

再びスハイルの体が強張《こわば》ったのを感じると、ユナンは顔を上げた。

頭一つと少し身長が高いスハイルを下からそっと窺うと、眉を顰《ひそ》めて難しい顔をしている。

「誰にそれを？」

またやきもちだろうか。

ユナンはスハイルを安心させるように腕を回した背中を撫でて、首を傾げた。

「リドルに聞きました。スカーのお仕事について子供たちが知りたがっていましたから。……いけませんでしたか？」

「何も、お前が気にするような——……」

苦い表情で首を振ったスハイルがそう言いかけて、途中で止めた。

ユナンの肩にかけた手で体を引き離そうとするでもなく、逡巡《しゅんじゅん》するように薄く口を開いたまま小さくつぶやく。

「……ああ、いや」

咳払《せきばら》い。

ばつの悪そうな顔で一度瞼《まぶた》を閉じたスハイルが、天を仰いで首を振った。

室内の仄《ほの》かな灯《あか》りに照らされた金色の髪が揺れる。ユナンはそれに目を瞬かせた。

「たしかに、このところ市井では畑や水場が荒らされたり、家畜が襲われる事件が起きている。情けないことに、それが誰の仕業なのかわかってないんだ。場所も広範囲に渡っているし、目的もわからない」

短くため息を吐いたスハイルがユナンの顔を見下ろすと、額に小さく伸びている角にかかった前髪を掻き上げるように撫でてくれる。その指先が少しくすぐったくて、ユナンは首を竦めて笑った。

その表情を見下ろしたスハイルも双眸を細め、体の強張りが解けていく。

「何者かに襲われた家畜の有様があまりにも凄惨《せいさん》なので、できればお前の耳には届けさせたくなかったんだ。事態が落ち着くまでは、城を離れるなよ。お前は俺の大事な后なんだ」

「はい」

スハイルに撫でられた額を胸に押し付けると、そのまま腕を回されて頭上が温かくなった。口吻けられているのだろう。唇にも欲しいとねだるように顔を上げようとすると、そのままベッドに促された。

そんなに大変なことが起きているなら、スハイルもいつも以上に疲れているだろう。早く休ませてあげたほうがいい。

ユナンは誘われるまま寝具に乗り上げてスハイルの隣へ体を滑り込ませた。

「ふふ」

思わず笑みがこぼれたユナンに、寝具の中で手足を伸ばしたスハイルが眉を上下させる。

「どうした？」

「話してくださって嬉しくて」

むごい事件が起きているると聞いたばかりなのにこんなことで喜ぶなんて、不謹慎なことかもしれない。民は不安なのだろうし、きっとスハイルのもとへ届く嘆願書にも早急な事件の解決を求める声が溢れているのだろうけれど。

「俺の言葉が足りないせいでまたお前と喧嘩になるのは堪《こた》えるからな」

わざとおどけた様子で言って、スハイルがユナンを引き止めるように抱き寄せる。

リリとメロへの接し方でスハイルに不平等さがあるんじゃないか、あるいはドラゴンを后に迎えたことを後悔しているんじゃないか――なんて勘違いして喧嘩になったのは、まだ記憶に新しい。

以来、スハイルが努めてユナンに気持ちを言葉にしてくれているのを感じる。

スハイルはもともと優しい人だし、あの時不安を募らせたのはユナンも慣れない環境や子育てなどで疲れが溜まっていたせいだ。ユナンにも大いに原因があるとは何度も言っているのに。

それでもスハイルにとっては、些細な喧嘩が原因でユナンがドラゴン狩りに遭遇してしまったことがひどくショックだったようだ。

もうどんなことがあったってスハイルのそばを離れたりなんてしない。

「お前をあまり心配させたくないが、話さないでいればよけいに心配だろう。そういうわけで解決するまでは少し忙しくなる。……お前の大事な時なのに、悪いな」

「そんな」

たしかにあと数日もすればユナンは温室でドラゴンの姿になって、スハイルとこうしてゆっくり一緒に眠ることはできなくなるだろうけれど。

それも卵が孵《かえ》るまでの辛抱だ。

ユナンはスハイルが無事でいてくれさえすればそれでいい。

「スハイルはわたしの夫で子供たちの父親でもあるけれど、トルメリア王国の臣民を守るのも大切なおつとめですから」

オスのドラゴンであるユナンを后に選んでくれただけでも奇跡のようなことだ。

そのうえこんなにたくさんの愛情を受けているのだから、自分だけの大切な人だなんてわがままを言う気にはなれない。

スハイルが国を守る存在であるなら、国民に愛される王を支えるのが后であるユナンのつとめでもある。

寝具の上でユナンがぴたりと体を寄せると、スハイルが額に、頬にと唇を吸い寄せてきた。

「もちろん怪我《けが》のないように心配はしていますが——国を守る立派な旦那《だんな》様が、とても誇らしいです」

口吻けのくすぐったさにたまらなくなったユナンは、スハイルの首にぎゅっと腕を回した。

スハイルが笑って、包み込むように抱き返してくる。

この人を独占したいなんてだいそれたことは思わないけれど。それでも今だけは、ユナンだけの大切な人だと感じられる。

その腕の温かさに大きく息を吸い込んで、ユナンは蕩けるように目を閉じた。

＊　＊　＊

ごうっと風が巻き起こると、温室の木々がさざめいていくつか枝葉が飛び散っていった。

メロとリリの感嘆の声が、はるか足元に聞こえた。

ついさっきまではすぐ耳元で聞こえていた子供たちの声がみるみる遠ざかっていくのはなんだか変な気分だ。それだけの速度で、自分の体が大きく変化しているのだけれど。

ユナンは久々に戻ったドラゴンの姿で長い首をぐっと振り上げると大きく息を吸い込んだ。

『……ふう』

一度広げた背中の羽をしまいこんで肢《あし》を折ると、お腹に注意しながら地面に伏せる。ヒトの形ではもう卵の大きさに耐えられなくなってきて、これからは産卵するまでこの温室がユナンの居場所になる。

「母上、すごい！」

興奮した声をあげたメロがむずむずしているのが、声からもわかる。

『メロもドラゴンの形に戻りたい？』

「！」

ぱっと太陽が瞬くようにメロの笑顔がこちらを仰いだ。

しかしすぐに唇をきつく結んで、胸の前で拳《こぶし》を握りしめると視線を逸らしてしまった。

「……やめとく。もっと大きくなるまで、変身するのは我慢するんだ」

「リリは戻ります！」

唇を尖らせてうつむいてしまったメロの隣で、リリは頭からかぶった洋服を手早く脱ぎ捨てるとぐぐっと背中を丸めて——最初にぽん、と羽を生やした。

『ふふ、リリもすっかり大きくなったね』

小さい頃の羽よりずっとごつごつとして立派なドラゴンの羽だ。

そうしているうちに尻尾《しっぽ》がうねり、額の角が大きくなってユナンには敵《かな》わないながらも大きなドラゴンの形へと変化していく。

メロは羨ましさを隠しもしない目でこちらをじっとりと見つめている。彼がドラゴンの姿に戻らないのはきっと、彼なりの矜持《きょうじ》なのだろう。

小さい頃は興奮するとすぐに羽や尻尾を生やしてしまっていたから、今うかつにドラゴンの姿に戻れば小さい頃のように我慢ができなくなると思っているのかもしれない。

『リリもいつか母上みたいに大きくなる？』

『きっと。リリは、大きなドラゴンになりたい？』

まだ小さなリリは温室の中で飛ぶことができる。さすがにユナンが飛ぼうとすれば、羽ばたいただけで温室が潰《つぶ》れてしまいかねない。そもそも今は身重なのだから飛ぼうとも思わないけれど。

『はい！　リリは、トルメリアを守れるくらい大きくて強くて賢いドラゴンになりたいです』

温室の天井をぐるりと一周りしたリリがいつもの朗らかな調子で言うと、ユナンは驚いて目を瞬かせた。

温和で物静かなリリがそんなことを言うなんて。

「リリは、騎士団の手伝いをしたいんだろ。スカーのために」

あっけにとられたユナンの足元で、メロが揶揄《からか》うように言う。

『メロ！』

慌てた様子でリリが急降下してくると、メロが笑い声をあげて逃げ出す。

ヒトの形のメロがドラゴンのスピードに勝てるわけはないけれど、メロはすぐにユナンの尻尾の下に隠れてはしゃいでいる。リリの顔色は鱗の上からではわからないけれど、きっとヒトの形だったら真っ赤になっているのだろう。

リリがスカーによく懐いているのは知っていたけれど、力になりたいとまで思っているとは知らなかった。

むしろ騎士団に執心しているのは剣術を習っているメロのほうだとばかり思っていたのに。

『リリとメロがいたらスハイルも安心だね』

ユナンの尻尾を挟んで上空と地上の攻防を繰り広げている子供たちに、ユナンは喉を鳴らして笑った。

リリがスカーを慕っているなんて知ったら、スハイルはどんな顔をするだろう。ユナンのことでやきもちを焼くのとはまた違う心境だろう。

『母上もいます』

「あと、おれたちの弟も」

『まだ弟が生まれるかはわかりません』

メロに摑まれた尻尾をゆらゆらと揺らすと、メロがはしゃいで尻尾に乗り上げてくる。リリも地面に降りるとヒトの形に戻って、ユナンの大きく膨らんだお腹に近付いてきた。

『弟か妹か……どっちだろうね。リリは、どっちがいい？』

「リリはどっちでもいいです。元気に産まれてきてくれたら」

そっと、リリがユナンのお腹に触れる。そんなに気をつけなくても大丈夫だよと声をかけたくなるくらい優しい手付きで。

すると尻尾の影に隠れていたメロも飛び出して駆けてきて、そのまま突進してくるのかと思いきやお腹の手前で急停止してから、自分の服で掌をゴシゴシと拭った。

「おれだって、どっちでも歓迎する。弟はリリがいるし」

「僕が弟なの？」

服で拭った掌でユナンのお腹に触れたメロに、リリが驚いて目を瞠《みは》る。父親譲りの榛色の目を瞬かせると、メロとユナンの顔をせわしなく交互に見た。

「僕が弟なんですか？」

『あはは、卵が割れた時に先に出てきたのがどっちかってこと？』

「おれに決まってる」

メロも本気で言ってるんじゃないだろう。

でもたしかにメロの性格なら、先に出てきたのはメロのほうかもしれない。リリも半ば納得した様子で、しかし双子の自分たちが兄か弟かなんて考えたことがなかったのか、釈然としない様子で「えー」と情けない声をあげる。

賑やかな団らんを過ごしていたところへ、聞き慣れない声がして振り返ると温室の扉から使用人が一人、顔を覗かせていた。

「あの、……奥方様」

咄嗟《とっさ》に子供たちを尻尾で覆い隠す。この城の従者であることは、その姿を見てもわかるけれど。

「も、……っ申し訳ありません、急にお声掛けして」

使用人はスハイルやリドルたちよりは年上のように見える女性だった。

今まであまり見かけたことがないし、何よりも今この温室には限られた人間しか近付かないようにと厳命されているはずだ。

知らず、尻尾で巻き込むように引き寄せた子供たちを窺う。メロやリリにもユナンの緊張が伝わってか、不安そうな様子を覗かせていた。

「おそれながら、お……奥方様、このたびのご懐妊――お、おめでとうございます」

ユナンは息を詰めて使用人の様子を観察した。

髪を高いところでまとめている女性は細い体を目に見えて震わせながら、入口のそばで立ち尽くしたままだ。誤って覗いてしまったというわけではないのだろう。

産卵を前にしたユナンに危害を加えるためなのだとしたらあまりにも怯《おび》えすぎで、とても彼女の細腕でドラゴンをどうにかできるとは思えない。

「わた、っ……私《わたくし》、このたび、お、奥方様のご産卵に際し……お世話を、させていただくことに」

『わたしの世話を?』

ユナンが思わず声をあげると、彼女は飛《と》び退《の》くようにしてさらに体を震わせた。

怯えているヒトに対して、うっかり口を開いてしまったことを恥じて顔を地面に伏せる。いっそ子供たちに耳打ちして伝えてもらったほうがいいかもしれない。子供たちならまだ使用人に好かれているし、ヒトの形をしているというだけでも彼女の恐怖心は軽くなるだろう。

しばらくヒトの形でいたから使用人とも接することができていたけれど、やはりドラゴンの姿では恐ろしいだろう。当然だ。

なにしろ大きさが違うし、それでなくてもこの国のヒトにとってドラゴンは不吉の象徴のようなものだ。

「リリ、リドル様からのご命令で……あの、ご要人の皆様はご多忙であらせられ、その代わりにと、経産婦である私が」

彼女は震える手を自分で摑んで必死に抑えようとしているようだけれど、顔からは血の気が引き、歯の根も合わないようだ。

とても可哀想《かわいそう》で見ていられないほど怯えている。

『……メロ、彼女に伝えて』

できるだけ彼女を怖がらせないようにゆっくりと動いてメロに首を寄せる。

リリは半分ヒトの形に戻っていたけれどまだ羽も尻尾も生えたままで、顔だけ覗かせて様子を窺っている。

彼女はその様を固唾《かたず》を呑《の》んで見つめていた。きっと、ドラゴンを見るのも初めてなのだろう。城に仕えていて、こんな目に遭うとは思ってもいなかったに違いない。

本来なら后の出産の世話をするなんて、きっと光栄なことなんだろうと思うのに。

ユナンがドラゴンであるせいで。

「あの、母上はこう言っています」

ユナンの言伝《ことづて》を聞いたメロが、尻尾に手をかけて身を乗り出しながら声を張り上げる。

目を瞬かせた彼女が少しだけ素の表情を覗かせたように見えた。凛とした面持ちの美しい女性のようだ。きっと子供も好きなのだろう。メロに向けられた目が優しい。

「母上のお世話はできるだけおれたちでするので、大丈夫ですよ、って……ええと、その……ドラゴンが、怖いみたいなので」

リドルからの命令を反故《ほご》にしたとなれば彼女に迷惑がかかる。リドルにはユナンから伝えておくから大丈夫――そうメロが続けようとした時。

「いえ、大丈夫です！」

思いがけず凛とした声が響いて、ユナンは目を瞠った。

「お、恐れながら申し上げます……っド、ドラゴンの姿を拝見したのは初めてでまだ不慣れなところはあるかと思いますが、陛下と睦まじくされている奥方様をお慕いしておりますし、こ、このような形でお世話することができて、光栄に思っております」

彼女の手はまだ震えている。

だけど、強い眼差《まなざ》しで見つめている先は、ヒトの形をしたリリやメロではなくまっすぐユナンを見つめている。

他の人間たちならば恐ろしくて目を背けてしまうような、ドラゴンの姿をしたユナン自身に。

「私はトルメリアで生まれ育ちましたので、ドラゴンは……その、失礼ながら恐ろしい存在だと教えられてきました」

ユナンも知っている。

トルメリアに伝わる書物ではドラゴンは退治される存在として描かれてばかりだったし、国に災いをもたらすものなのだと教えられて育つらしい。

そんなドラゴンがこの国に棲んでいるというだけでも喜ばしく思わない人は少なくないはずだ。それが、まして貴人として世話をするなんてとんでもないことのはずだ。

「しかしこの城の使用人として――遠くからではありますが、奥方様を拝見しているうち、とてもそうとは思えず」

ぎゅっと自分の手を握りしめた彼女が一歩、二歩と歩み寄ってくる。

ユナンは驚いて、思わず後退してしまいそうになった。ユナンの尻尾でリリがよたよたと足をもつれさせたのを感じて、慌てて踏み留まる。

「奥方様が王妃になられてからもトルメリアは安泰で、お世継ぎも健やかにお育ちです。陛下や奥方様、王子お二人がお幸せであることで、ドラゴンが不吉なものだなどというのが馬鹿げた迷信であることを証明されているのです」

リリとメロが顔を見合わせて、くすぐったそうに首を竦めた。

彼女はいつしか体の震えを止めて、ユナンの様子を窺いながらゆっくり近付いてくるとその細い腕を伸ばした。ユナンがあっと声をあげる間もなく、温室の地面に傅《かしず》いてごつごつとした鱗に覆われたドラゴンの前肢に触れる。

温かな手だった。

「奥方様のおかげでドラゴンを恐れる気持ちなどなくなってしまいました。こんなにお優しい奥方様にお仕えすることができることを光栄に思います」

『――……』


リドルやスカーだって、ユナンのこの姿を見ても今更どうと言うことはない。しかしそれは彼らがユナンを西の森まで捕らえに来たほど勇敢な人物だからだ。

彼女は違う。

トルメリアの市井で生まれ育った普通の女性で、こんなことでもなければドラゴンに接することなんてなかっただろう。

そんな彼女がドラゴンを恐ろしくないと言ってくれることに、ユナンは胸が熱くなって言葉を失ってしまった。

「……と、申しましてもまだこのお体の大きさに慣れるまでは時間がかかるかもしれません。経産婦とはいえ産卵の経験があるわけではないので奥方様のお力になれるかどうか、自信もありませんが……」

牙を隠すためにきつく結んだ口を食いしめていたユナンを仰いだ彼女が、少しばかり不安そうな表情を見せる。

思わず噴き出してしまったユナンにつられて子供たちも尻尾の奥から這い出してきた。

「母上のことよろしくお願いします！」

「おれたちのことも怖くない？」

わっと飛びついたリリとメロに笑う彼女の緊張は、もう解けているようだ。

こんなふうにヒトに理解してもらえるようになったのもスハイルがこの城に招いてくれたおかげだ。

スハイルが温室に訪ねてきてくれたら、このことを話してみよう。きっとユナンが感じたように喜んでくれるに違いない。


扉の開く音で、目が醒《さ》めた。

温室の外は暗い。月の明かりが教えてくれる。真夜中だ。

『……スハイル？』

風に乗って漂ってくる香りで、真夜中の来訪者が誰なのかはすぐにわかった。

「すまない、起こしてしまったか」

首をもたげて入口を窺うと、マントを着けたままのスハイルが月明かりに照らされていた。

『今までお仕事を？』

「ああ、少しだけ。寝る前にお前の顔を見ておきたくて」

まっすぐこちらに向かってきたスハイルは腰にサーベルを提げたまま、体からは馬と土の香りがしている。仕事どころか、たった今城に戻ってきたばかりといったようだ。

『お疲れ様です』

腕を伸ばしたスハイルに鼻先を下げると、躊躇《ちゅうちょ》する様子もなく頬を擦り寄せてくれるスハイルに胸がきゅうと締め付けられる。

あまりスハイルを想いすぎるのも卵のために良くないのではないかと思うくらい、顔を見るだけで鼓動が早くなってしまう。

「疲れなんて、お前の顔を見たら吹き飛んでしまった」

ドラゴンの姿をしているユナンにこんな甘い言葉を吐く人間は、この世のどこを探したってスハイルだけだろう。

普通だったらにわかには信じられないけれど、スハイルの気の抜けたような弛緩した表情を目の当たりにしてしまうと疑う気にもなれない。

「なにか困ったことはないか？　窮屈だったり、気分が悪かったり……食事は食べられているのか？　異常があれば、すぐに言うんだぞ」

硬い鱗のついたユナンの首筋を優しく撫でたスハイルが、お腹の様子を見に移動していく。

リドルが疑問に思っていた通り、人間とは違ってドラゴンに胎動というものはない。子供がお腹の中で動いている様子がわかれば、きっとスハイルも喜んでくれるのかもしれない。

『スハイルのおかげで快適に過ごせています。ここは日当たりもいいし、少しお昼寝しすぎてしまったと思っていましたけれど、こうしてスハイルとお話できて良かったです』

温室はできるだけユナンが生まれ育った西の森に環境を近付けてくれているらしい。

屋根のおかげで雨に濡れる心配はなく、しかし陽《ひ》は十分に降り注いでくる。天気のいい日は窓を開け放って風を感じることもできるし、様々な木々も生い茂っている。水場もあって、時折小鳥たちが遊びに来てくれる。

「ひと目お前の寝顔を見られればと思って忍び込んだかいがあったな」

忍び込むだなんてとユナンが笑うと、スハイルも笑いながらユナンの大きく膨らんだお腹に唇を寄せる。

新たな命を授かったことがわかってからスハイルは何度もこうして、お腹の中の子供と内緒話をしている。ヒトの形をしている時はそれを盗み聞くことができていたけれど、ドラゴンの姿ではうまく聞き取ることができない。きっといつも通り、早く会いたいだの名前はどうしようかだのと話しているんだろう。

『そういえば今日、産卵まで世話をしてくれるという新しい侍女の方がいらっしゃいました』

「ああ、リドルから話は聞いている。子供が三人ほどいるらしいな」

お腹の中の子と内緒話を終えたスハイルがユナンの顔を仰ぎ見て、そのまま体に凭れかかる。寄り添っているというよりは、体を預けられているといった感じだけれどドラゴンの姿ではそれくらいのほうが心地良い。スハイルに尻尾を寄せて、体を丸める。

『そうみたいです。最初はドラゴンの世話なんて気味が悪いのではないかと心配していたんですが』

ぴくりとスハイルの表情が硬くなった。

ユナンが嫌な思いをしたとでも勘違いしたんだろう。スハイルを安心させるようにユナンは慌てて言葉を続けた。

『でも、怖がらずに接してくださって……ドラゴンは恐ろしくもないし、不吉ではないと言ってくれたんです』

それがどんなに嬉しかったか。

子供たちとも打ち解けて、リリが再びドラゴンの姿で温室を飛び回ってみせると感嘆の声をあげてくれた。その表情はユナンのために気を遣っているようには見えなかった。本当に彼女にとってはドラゴンは恐ろしい存在じゃなくなったんだろうと思えた。

「そうか。良かった……リドルから話を聞いた時は、少し心配していたんだ。その侍女は平民の出で、これまでドラゴンを見たことなどなかっただろうから」

『はい。思っていたよりも私の体が大きかったようで最初は驚いていましたが、今日は体も拭《ふ》いてくださいましたし、鱗がきれいだと褒めてくれました』

「そんなこと、俺が毎日言っているだろう？　どんな姿でもお前は美しい。鱗はもちろん大きな角も牙も、流れるような体の線も――」

まるで侍女にまでやきもちを焼くかのようなスハイルの言葉に、ユナンは思わず笑った。

たしかにスハイルはユナンがどんな姿でも褒めてくれる。それにはきっと愛情の欲目があるのだと思うけれど、それでも嬉しい。

そんなスハイルが大事にしてくれるからこそ、彼女もユナンを怖がらずに接してくれたのだろう。

『……スハイルのおかげです。スハイルがドラゴンを不吉なものではないと証明してくれたから』

あのまま森でひっそりと暮らしていれば、人間と交わることなどできなかっただろう。

スハイルに出会うことも、メロやリリを産むこともなかった。森のみんなと楽しく暮らせたかもしれないけれど、いつかドラゴン狩りに遭っていたかもしれない。

スハイルがユナンのすべてを変えてくれた。

「優しく美しいお前を見ていたら、誰だって考えを改めたくもなるさ。俺だって同じだ。こんなにそばにいて幸せな気持ちになれる伴侶に出会えたのだから、俺はドラゴンといて不吉になるどころか世界一の幸せ者だよ」

『スハイル……』

ヒトの形だったら、たまらずにスハイルの胸に抱きついていただろう。

今はスハイルをやすやすと凭れさせられるくらい大きなドラゴンの姿だから、寄り添わせた尻尾でぎゅっとその体を包み込むことしかできない。

それでもスハイルには伝わったのか、ふと吐息で笑ったスハイルはユナンの尻尾を撫でながら地面に腰を下ろした。お腹に頬をあて、ユナンと子供と、添い寝をするように。

『……スハイル、お疲れですか？』

こんな時間まで湯浴みもせず執務に就いていたのだから疲れてはいるだろうけれど、それ以上にスハイルの様子に疲労が窺える。

温室の中を照らすのは微かな月明かりだけだけれど、ドラゴンは人間よりは夜目が効く。それに、毎日スハイルを見つめているのだから些細な違いにも気がつく。

凭れかかる体の重さや、笑い方、声の低さだけでも。

「そうだな、……少し」

『少し？』

ユナンがぐっと顔を寄せて聞き返すと、咳払いをしたスハイルが目を眇《すが》めて口端を下げる。

「この時間まで見廻《まわ》りをしていたんだ。これでも俺は早く帰らされたほうで、騎士団は夜通し見廻りをしている」

観念したように大きく息を吐いたスハイルのマントも、よく見るとくたびれていた。

そういえばこのところずっとメロがユナンのそばにいるのはスカーをはじめとした騎士団の面々が忙しくしているからだろう。ユナンに侍女がついたのもリドルたちが手を離せないからだ。

『家畜を襲っているという犯人、まだ捕まらないのですか？』

ああ、とお腹のあたりで聞こえたスハイルの声はもう疲れを隠しもしていない。

議会を前に執務が山積みになっている中、自ら市井の見廻りに参加しているのだから頭も肉体も疲れが溜まっているんだろう。

「家畜を襲ってどうしたいのかもわからない、地域もバラバラで被害に遭ってる家もそれぞれだ。特定の家畜が襲われてるわけでもない。場所が絞れないから巡回するしかないが、それでも被害が拡《ひろ》がってるんだ」

『巡回していても？』

「ああ。家畜の声が聞こえてすぐに馬を走らせても、俺たちがついた時にはあたりは血の海――」

スハイルが、はっとしたように口を塞《ふさ》いで顔を逸らした。

残忍な犯行現場の話をユナンに聞かせるつもりはなかったんだろう。その心遣いは嬉しいけれど。

『スハイル、襲われた家畜はどんな傷がついているのですか？　なにかわたしにもできることがあれば……』

「ユナン」

自らの口元を覆っていた手でユナンの寄せた鼻面をつついたスハイルが、疲労の色濃い顔で弱々しく笑う。

「俺はお前を心配させたくて会いに来たわけじゃない。トルメリアの問題を一緒に考えてくれるのは嬉しいが、無事に卵が産まれてくるまでは、できるだけ心穏やかに過ごしてもらいたい」

でもスハイルの力になりたいんですと言いかけて、ユナンはぐっと口を閉じた。

きっと、自分が逆の立場だったら同じように思うだろう。

頼りがいがないわけじゃない。今は大事な時だから、心配事なんて抱え込んでもらいたくない——と。

もしそれが相手の負担になるようなら疲れた顔を見せることも憚《はばか》ってしまうかもしれない。ユナンの思い上がりかもしれないけれど、スハイルならそう考えてもおかしくない気がする。

それだけは嫌だ。

ただでさえ疲れているスハイルが、疲れたと素直に吐き出して手足を伸ばせる居場所でありたい。だから。

『……わかりました。ありがとうございます、スハイル』

目を閉じたユナンがスハイルにそっと頬を寄せると、スハイルが口吻けてくれた。とはいえ、ドラゴンの姿だとスハイルの唇の柔らかな感触をはっきりと感じ取ることができなくて物足りない気持ちになる。

『やっぱり、ドラゴンの姿は不便です』

口吻けを返したくても口の大きさが違いすぎて難しい。

ユナンが不満そうに尻尾の先をパタつかせて拗ねてみせると、スハイルが弾んだ声で笑った。

「そうだな。俺は大きなユナンも大好きだが、口吻けは難しいかもな。もう少し我慢していてくれよ、俺たちの子供のためだ」

スハイルの明るい声が聞こえるとユナンもほっとして首を下げる。

国のために奔走するスハイルを手助けするのは何も、同じ執務に携わるばかりじゃない。こうしてスハイルに束《つか》の間《ま》休んでもらえることもきっと后としての務めなんだろう。

『そうだ、聞いてくださいスハイル。今日はメロとリリが温室で遊んでいたのですけれど、メロが花の編み方を教えてくれただなんて――』

どちらかといえば花には関心を示さなかったメロが、と今日あった出来事を続けようとしたところで――静かな寝息に気付いて、ユナンは口を噤《つぐ》んだ。

そろりと自分のお腹を見遣ると、ユナンの尻尾を抱くようにしてスハイルが眠ってしまっている。

ついさっきまで起きていたのに。

ユナンに口吻けて緊張の糸がぷつりと切れてしまったのかもしれない。それほど疲れていたんだろう。そんな中で会いに来てくれたことが嬉しい。

『……おやすみなさい、スハイル。よい夢を』

無防備になったスハイルの体をぎゅっと抱き込んで、ユナンも瞼を閉じた。

＊　＊　＊

「あー、あったあった」

温室に生い茂った木々の向こうからスカーの快活な声が聞こえてきた。

『ありましたか？』

ユナンが首を伸ばして窺うと、スカーの赤い髪が垣間《かいま》見える。その頭上に掲げられた長い腕が、大きく丸を作ってユナンに応《こた》えた。

ユナンがこの城にやってきてしばらくのうちは、誰もが恐れるという鬼の強さをもつ親衛隊長であるスカーでさえドラゴンを恐れたものだったのに。今となっては気心の知れた仲だ。

「ユナン様、これ枝ごともらっちゃっていいですかね？」

『あ、少し待ってください。木にお願いしてみます』

スカーだって、魔力が恐ろしいものと伝えられているトルメリアの中枢で育ってきたはずだ。それなのにユナンが魔力をもつドラゴンとして木との対話をしていても、スカーはなんでもないという顔をして待っていてくれる。

リドルには勉強ができる、スハイルには臣民を惹《ひ》きつける魅力がある、ユナンは自然や木々と会話することができる。その程度の違いだ、とスカーは笑う。自分はそのぶん剣を振るうことができる、とも。

スカーにもスハイルに負けず劣らず魅力があると思うのだけれど。

騎士団を率いるのは人望がなくてはできないことだし、国民と近しく接しているぶん親しみも持たれているようだ。

臣民から見ればスハイルは手の届かない君臨者で、スカーは憧れの存在ともいえるかもしれない。

城の女中たちの様子を見ていても、スカーが鍛錬している姿に黄色い声をあげている光景は珍しくない。スカーに憧れて騎士団を目指す男子も少なくないというし。

だけど自分の魅力に気付いていないところもスカーのいいところなんだろう。

『……大丈夫です、一番大きな葉のついた枝をお持ちくださいと』

「一番大きな葉っぱ……？　ええと、これか？　――ちょっとごめんな、痛いかもしんねぇけど。

あとでたっぷり肥料やるからな」

ヒトは木とは話せないらしいのに、手折ろうとする木に痛ましそうな顔を向けて断りを入れるスカーの様子に、思わず笑みが溢れる。当の木自身もスカーの心遣いに悪い気はしていないようだ。

「いやぁ、ありがとうございました。これでブリッツの調子も戻ります」

葉振りのいい枝を肩に担いで茂みの向こうからスカーがほっとした面持ちで出てきた。

ブリッツというのは彼の愛馬の名前だ。

温室の木の葉を求めてきたのは、その「剣と同じくらい大事」だという愛馬ブリッツの食欲がこのところ奮わないのが理由のようだった。

普段は主に干し草や豆を食べているらしいけれど、それらをあまり食べたがらないようなら胃に刺激を与える薬草を食べさせてみたらどうか――と考えて、温室に探しに来たそうだ。

『葉をよく揉《も》んで一枚ずつ食べさせてあげてください』

「へえ……美味《うま》いんですかね、これ？」

葉を一枚もぎ取ったスカーが、くしゃくしゃと掌の中で揉み込んでから鼻先に寄せる。ヒトの体では多分、ただ青臭いだけだ。スカーは怪訝《けげん》そうな顔で首を傾げた。

『すごく美味《おい》しい……というわけではありませんけれど、不思議と食べたくなる味というか』

動物は、自分の体が今何を必要としているかわかるものだ。

美味しいから食べるというよりは、自分の体の調子を整えるためにしっかり食べてくれるだろう。

『このところブリッツも忙しくされているんじゃないですか』

騎士団はみんな代わる代わる町を巡回していて、城にはほんの少しの睡眠を取るためだけに帰ってきているという有様らしい。

ブリッツも歩き通しで気が張っているから体調を崩したのかもしれない。あるいは、ブリッツだけじゃない。騎士団の他の馬たちも心配だ。

「忙しくされてる、って……」

急にぶはっと声をあげて笑ったスカーにユナンが目を瞠ると、后であるユナンを笑ったことを詫《わ》びるようにスカーが手をひらりと振った。

「いや、俺の馬への言葉使いがおかしくて、つい。すいません」

『お、おかしかったですか』

ユナンが驚いて長い首を縮めると、スカーはますます大きな口を開けて笑った。

スカーはスハイルとも気の置けない兄弟のような関係であるせいか、ユナンにも堅苦しく接することがない。リドルも同様だけれど、それはスハイルの人徳のおこぼれをユナンも享受しているんだろう。

「でもまあ、そうですね。ブリッツも気を張ってるから、それが体調に出てんだろうな」

ひとしきり笑った後で掌の葉を胸のポケットにしまいこんで、スカーが温室の外——それよりも遠く、城壁の外へと視線を向けた。

その横顔に、ピリッと緊張が走っているように見える。

『家畜を襲っている犯人は、……まだわかっていないのですか？』

このところスハイルの姿も見ていない。

侍従の女性にスハイルは帰ってきているのかと尋ねても、そもそも平民の出である彼女には国王陛下の動向などわかり得ないのだそうだ。

かといってリドルも多忙らしく尋ねることは叶わないし、子供たちが起きている時間にスハイルが帰宅している様子はないようだ。

温室に顔を見せる時間があれば少しでも休んでほしいと思うけれど。

「犯人……っつーか、……うーん、まあ、まだ捕まってないですね」

珍しく歯切れの悪いスカーの視線が泳ぐ。

捕まっていないということは、目星はついているということだろうか。警備のための巡回ではなく、目標を追っているからスハイルは帰ってこられないのかもしれない。

ユナンを捕らえるために西の森までやってきたように。

『スカー、教えてください。家畜を襲っているのは——』

「あーっ、それ俺に聞かないでください！　口止めされてるんですから！」

突然スカーの大きな声が温室に響き渡ると、木に留まっていた小鳥たちが一斉に羽ばたいた。

そのことに驚いたスカーが、ユナンからの質問を遮ろうと自らの掌で両耳を塞いだ格好のまま背中を丸める。

『口止め……ですか？　誰に？』

ドラゴンの姿をしていて良かった。

思わずムッとしてしまった表情が、ヒトの形の時よりはバレずに済んだだろう。

スカーに口止めできる人物なんてスハイルしかいない。相手は天下の親衛隊長だ。

もうあんな喧嘩をしたくないからなんでも話そう、とスハイルとは丁寧に確認し合ったはずなのに。

「いや、あの、妊夫《にんぷ》さんに心配かけちゃいけないって……リ、リリ……様に」

『リリに？』

今度大きな声をあげて木々を揺らしてしまったのはユナンのほうだ。

もやもやとしていた気分が一気にどこかへ行ってしまった。

スカーはどこかばつの悪そうな——照れくさそうな表情で頭を掻いている。

あのおとなしいリリが、自分より大人で体も大きくて逞しいスカーに「口止め」をするなんて。その光景を想像したらなんだか微笑《ほほえ》ましくなってしまうような気もするけれど。

それとこれとは、話が別だ。

陛下の命ならばスカーに破れというのも酷な話かもしれないけれど、リリからのお願いならば話し合いの余地はある。

『心配するなと言われても、状況を知らされずにいるほうが心配になります』

「これぱっかりは、いくらユナン様のご命令でも」

スカーは申し訳なさそうに自分で自分の口を覆って後退《あとずさ》る。

彼からしてみたら陛下の命もリリからのお願いも同じくらい大事なのかもしれない。それはリリの親としてありがたく思いはするけれど、こちらも退けない。

ユナンはスカーが逃げ出そうとしたぶんにじり寄って、頭を下げた。

「っ、ユナン様！　もうじき産まれるんですから動かないでくださいって！」

『リリだってわたしの立場になれば心配するに決まっています。スカー、教えてください。わたしはスハイルが心配なんです』

「約束を違《たが》えることは騎士の名誉に傷がつきます、何卒ご容赦――」

『家畜を襲っているのは、人間ではないのでしょう？』

ユナンがずいと顔を寄せてスカーの顔を覗き込むと、髪と同じ真紅の瞳が見開いて短く息を呑んだ。

精悍《せいかん》な顔立ちは、黙っていると近寄りがたく感じるほど整って見える。これで剣を振るうと鬼気迫るものを感じるものだ。以前のこととはいえ、ユナンもその剣を向けられたことがあるからわかる。

しかし、その剣をもってしても——姿を捉えられないものを退治することはできない。

「ユナン様、……何故それを、」

薄い唇から溢れ出るように言葉を紡いでから、スカーは慌てて漏れ出た言葉を拾い含めるように手で口を塞いだ。

「っ！　あ、いや……！」

『やはり、そうなのですね。スハイルやスカーたちがこんなに血眼《ちまなこ》になって探していても見つけられないなんて、人間の仕業ではないのではないかと思っていました』

スカーは肯定するわけにもいかないのだろう。項垂れるようにしてうつむいたまま黙っている。

だけど沈黙しているということは、図星だということだ。

スカーの嘘をつけない性格が好ましく思えて、ユナンは微かに笑った。

『スカーが話したわけではありません。わたしが勝手に聞き出したことです。だから、安心してください』

ここにいたのがリドルだったら、こんなふうに口を滑らせることはなかっただろうけれど。

きっとスカーもそう思っているのだろう。長いため息を吐いて、観念したようにスカーが顔を上げた。

「バレちまったものはしょうがないですけど……でも、絶対にここを動かないでくださいよ。陛下が心配でもなんでも、アンタは今は大事な身だ。俺はアンタがお后様だから言ってるんじゃないです。俺の大事な友人であるスハイルの惚《ほ》れた相手だから言ってんだ。あいつの子を身籠《みごも》ってるアンタは、今は子供のことだけ考えて欲しい。頼みますよ」

太い眉を吊《つ》り上げて、まるで睨《にら》みつけるようにユナンを見据えたスカーの顔は真剣だ。

家族や友人や仲間、そういう絆《きずな》を何よりも大事にしている人なんだろう。それは知っているつもりだったけれど、スハイルの伴侶になったユナンのことまで大事に思ってくれているようで嬉しくなってしまう。

ユナンがスハイルと自分自身の善き友人であるスカーのことを心配に思うように、スカーもユナンを心配してくれている。ドラゴンを不吉なものだと思っていたはずのスカーなのに。

そう思うと、心が温かくなった。

『わかりました。ありがとうございます』

「俺と陛下は、これから産まれてくる子供のためにも絶対不安のない国を取り戻してみせますから。ユナン様は無事に子を産むことだけを考えてください」

真摯《しんし》な親衛隊長にそう言われてしまったら、肯くしかない。

ユナンがおとなしく首を伏せて尻尾でお腹を覆うように体を丸めると、スカーも安心して手折ってきた木の枝を肩に担いだ。

「じゃあ、ブリッツの様子を見てきます。御前を失礼しますよ」

頼もしいスカーの背中が温室の扉に消えていく。

家畜を襲う、ヒトならざるもの――スハイルは襲われた家畜がどんな状態なのか答えるのを避けていたようだった。きっと、ひと目見て人間の仕業ではないと思える状態だったんだろう。

侍従から噂を聞くだけでもそれは凄惨なものらしいから。

もし家畜を襲っているのがユナンの思う通りだったら。

スハイルに有益なアドバイスをするくらいなら許されるだろうか――そう考えながら、ユナンは体を丸めたままそっと目を閉じた。


馬の蹄《ひづめ》の音で、目が醒めた。

気付いたらすっかり午睡《ごすい》に耽ってしまっていたらしい。

なんだか温室の外が、騒がしい。

窓から吹き込んでくる空気もざわざわとしていて、小鳥たちも落ち着かない様子だ。

『誰か……誰か、いませんか』

なんだか嫌な予感がする。

ユナンは周囲を窺っておそるおそる声をあげた。外はまだ明るく、侍従が控えている時間のはずだ。声が届くほどの距離にはいないのだろうか。

念のため小鳥に様子を見てくれないかお願いしたけれど、騎士たちが慌ただしく城の外へ駆けていくとしかわからない。行き先は森のほうではなく、町だという。

それになにより、微かに温室まで響いてくる馬たちの足音が怒りに満ちていておそろしい。

ユナンを捕らえに来た時に森に入ってきたスカーたちの様子――それよりもずっと、馬は荒ぶっている。

戦いを前に闘志に燃えている、というよりも同胞を殺された時のような怒りに近い。

『!』

ゾッと冷たいものが背筋を走った。

まさか、スハイルの身に何かあったんじゃ――想像すると、鼓動が強く、激しく打ちはじめる。

きっと、トルメリアの国民を思い悩ませている「犯人」はゴブリンか何かだ。彼らはヒトよりも体が小さいし、すばしっこい。それに集団で対象を襲って凄惨に殺害することもある。

スカーは決して口を割らなかったけれど、家畜を襲っているのがヒトではないということが確かになった時、ユナンはゴブリンの可能性を強く感じていた。

ゴブリンはドラゴンと同じくらいヒトから忌み嫌われるヒトならざる生き物の一種だ。成長しても
ヒトの子供より小さい体長しかなく、知能は高いが獰猛《どうもう》な獣のように攻撃性が高い。

ドラゴンと違って好んで人里近くに現れては悪さをするため、ゴブリンに寄生された国ではヒト同士の戦よりゴブリンとの攻防の歴史のほうが長いと言われているくらいだ。

だけど、トルメリアにゴブリンの棲家《すみか》があるとは聞いたことがない。もしかしたら西の森のドラゴン《ユナン》がいなくなったと聞いて、近くまでやってきたのかもしれない。

国民を守りながらゴブリンと戦うことは、きっとスハイルやスカーたちでも難しい。

なによりトルメリアにはゴブリンと戦ってきた記録が――ユナンの知る限りは――ないし、ゴブリンがどれくらい小さく俊敏か、騎士団の中で知る者はいないだろう。

でも、――ユナンは知っている。

『……っ、!』

ぐっと前肢を突っ張って身を起こそうとする。

体が重くて、思うように動かない。息も弾むし、なんだか気分も悪い。

『でも……行かなくちゃ』

あとでスハイルにはうんと怒られるかもしれないけれど。せめて、これから現地に赴く騎士たちに

ゴブリンへの対処法を教えるだけでも。

「！　ユナン様っ」

高い声が入口で響いたかと思うと、大きな布を抱えた侍従がこちらへ走ってくるところだった。

「いけません、そんな体で動いては」

「母上、寝ていてください！」

侍従の後ろから、リリとメロもやって来ていた。

彼らの背後で開け放たれたままの扉の外を窺おうとすると、リリがはっとした顔をして慌てて扉を閉めた。

『誰か、……騎士団の方を誰か呼んでください』

苦しくて、えづくように声をあげる。

メロはなんだか泣きそうな顔でユナンに駆け寄ってきた。

「母上、騎士団のみんなは……今ちょっと、その……忙しくて」

『町へ出るのでしょう。家畜を襲っていた犯、人は……きっと』

「母上！　お願いだからじっとしていて」

リリがきつく唇を結んで怒ったような顔をしている。

リリのこんな表情を見るのは初めてだ。もしかしたらスハイルに、ユナンを見張るように言いつけられているのかもしれない。リリは約束を大事にする子だから。

『……でも、行かなくちゃ。スハイル、が……っ』

震える前肢で這うように進もうとすると、侍従がいけませんと高い声を張り上げてユナンの体に触れた。それを尻尾で振り払い、羽を広げる。

「母上！」

メロが悲痛な声をあげた、その時。

『――……っう……！』

大きなお腹が蠢《うごめ》き、下がってくるのを感じた。

四肢が震えてとても立っていられない。卵を抱えたまま倒れ込みでもしたら、それこそ子供に何があるかわからない。

『……っ』

自分の意志に反して体の中が動くこの感じ、痛みには覚えがある。

なにも、こんな時に――。

「母上、大丈夫ですか？」

ユナンの異変に気付いたリリが、さっきまでぎゅっと吊り上げていた眉を下げて一目散に駆け寄ってきた。

一度経験があるとはいえ、やはり体が引き絞られるような感覚には耐えられない。慎重に肢を折って地面に体を横たえるので精一杯で、心配してくれる子供たちに応えることすらできない。

「リリ様、メロ様！　この布をユナン様へ！」

侍従がテキパキと指示を出すと、子供たちもそれに従う。

スハイルと二人きりで産んだ初めての時とはまるで違う。頼りになる侍従と、先に産まれた兄王子たちがついていてくれる。

こんなに安心できる産卵はないはずなのに――。

『……っ、スハイル……！』

産卵の痛みと焦燥感に震える前肢の爪が地面に食い込む。

温室の外の馬たちのいななきが、ユナンの心を不安でいっぱいにした。

「各班、散らばるな！　孤立していると集《たか》られるぞ！」

「背後を取られるな！」

平穏な農村部に剣の音と怒号が響き渡る。

騎士団をこの場に集結させてしまったからには迅速に片をつけなければならない。声を枯らして指揮をとっているスカーの焦りは誰の目にも明らかだ。騎士団の目の届かないところへ奴らを逃してしまったら手遅れになる。

「ぎゃあっ！」

従騎士の悲鳴がどこからか聞こえて、スハイルはそちらへ目を向けた。

馬を持たない従騎士たちには住民を避難させた家の中に潜んだ奴らを追い出して回らせているが、すでに何人も手負いになっている。

従騎士だけじゃない。馬も、騎士にも被害が及んでいる。

「っ、キリがねぇな」

苛立《いらだ》たしげに剣を握り締めたスカーが表情を歪《ゆが》める。その顔を見ると、奴らは恐れるどころか騎士団を嘲笑《あざわら》うように甲高い声をあげた。

家畜を襲っていた犯人がゴブリンであることは早い段階でわかっていた。

とはいえこれほどの数だとは思わず、侮っていた。

ただでさえ小さな体ですばしっこいゴブリンは、退治が面倒《めんどう》だ。手練の騎士でも重い甲冑《かっちゅう》をつけていれば太刀打ちできなくなるくらい奴らは素早い。かといって防具をつけないままではすぐに飛びつかれ、生きたまま肉を喰《く》らわれることになる。

それでも一体や二体ならばものの数ではないし、今まで被害に遭った臣民の家のそばでゴブリンを見つけては無事に斬《き》り捨てていた。

退治してきたはずなのに被害は一向に収まる気配がなく——果たして、蓋《ふた》を開けてみればこの数だ。

スハイルたちを取り囲んでいるゴブリンの数は一小隊はくだらないというほどの頭数で、この近くに大きな巣でもあるのかいくら斬っても後から後から湧《わ》いてくる。

周囲は人間とゴブリンの血の匂いが立ち上り、さながらトルメリアのいち農村部が戦場になってしまったかのようだ。

「陛下、後ろに」

弓を構えたリドルがスハイルの前に出ようとするのを、そっと首を振って抑える。

スハイルは臣下の後ろでどっしりと構えていられるような国王じゃない。それはわかっていても、ただでさえどこから飛びかかってくるかわからないゴブリンを相手にしながらスハイルを守るのは至難の業だ。リドルとスハイルのやり取りを近くで聞いていたスカーが短くため息を吐くのがわかった。

たとえ騎士をすべて失っても国王さえ守りきれれば国は成る。そうとはわかっていても、目の前で血が流れているのに剣を振れない国王ではありたくない。

臣民のためにも、城で待っているユナンのためにも。

「クソッ……消耗戦だなこりゃ」

顎先を伝う汗を拭いながら歯噛《が》みしたスカーの言葉に、リドルも肯く。

いくら面倒だとはいえ、個々体の強さは恐れるようなものじゃない。ただ数で押されているだけだ。こちらの被害がないとは言えないが、大群のゴブリンに驚いて意表を突かれた最初のうちに比べればこちらが優勢といえる。

しかし次から次へ現れるゴブリンを全滅させるまで一体どれくらいの時間を要するのかわからない。スカーが言う通り、消耗戦になるのは必至だ。

まして、夜になれば普段は暗い洞窟《どうくつ》に棲息するゴブリンが有利になりかねない。

「早いところ手を打たなければな」

城ではユナンが待っている。

もうじき産卵の頃合いだというのにスハイルはこのところろくに帰城できていない。

新しい生命が産まれる時、このトルメリアは平和な国であって欲しい。そう願って解決を急ぐあまり、かえってユナンを心配させてしまっている自覚はある。

帰ったらしっかりと詫びて、ユナンの産卵の時が訪れるまで温室に寝泊まりしたいくらいだ。

「陛下」

傍らのリドルに声をかけられて、スハイルは自分が戦場ですべきじゃない表情を漏らしていたことに気付いた。

慌てて咳払いをしてごまかそうとすると、その前にリドルが苦笑した。

「不吉の象徴とされるドラゴンを生け捕りにしようなどと、陛下のお人好《よ》しは生来のものでしたが……それにしたって、随分と子煩悩になったものですね」

呆れたようなリドルに、返す言葉もない。

一瞬とはいえしまりのなくなったであろう顔を、鉄の匂いと砂埃《すなぼこり》で汚れた掌で乱暴に拭う。剣を握る腕に力をこめて呼吸を整えると目の前のゴブリンに意識を集中させた。

「臣民が安心して暮らせる国を取り戻す、それができてはじめて俺も城に戻れるというものだ」

甲高い声をあげて四方から飛びかかってくるゴブリンたちを斬り捨てる騎士たちにも疲労の色が見えはじめている。スハイルが集中していないようでは、出さなくていい負傷者を増やしてしまうかもしれない。

リドルの言葉に強く反省してスハイルは前に歩み出た。

戦場で、戦士を鼓舞するのは将であるスハイルの務めだ。

「諸君、ここで奴らを根絶やしにするぞ！　この先永劫《えいごう》、奴らがトルメリアの地を汚すことがないように！」

スハイルが声を張り上げると、騎士たちの雄叫び、馬のいななきが農村に響き渡った。

それに呼応するようにムキになったゴブリンたちの鳴き声が重なる。もし彼らが今更許しを乞うたとして、無為に家畜の命を脅かした罪がなくなるわけじゃない。

ゴブリンは古来から人間の生活を害することばかりしてきたと聞く。ドラゴンが不吉だなどというただの伝承とは違う。こうして実際に、国民の暮らしや時には人の命までもが奪われてきたのだ。

一体たりとも逃がすわけにはいかない。

「ハァッ！」

スカーが取り逃がしたゴブリンを右薙《な》ぎで退治し、近くの木から飛びかかってきたもう一体を突き刺す。

背を預けたリドルは次々と矢を繰り出して、スハイルにゴブリンが近付かないように援護してくれている。

久しく戦はなかったものの、騎士団一同、腕は鈍ってなどいなかったようだ。

このまま戦い続けていればやがて奴らが棲息している巣を突き止めて一網打尽にすることも難しいことじゃないだろう。今はただ、とにかく数を減らさなくてはならない。じきに敗走する個体が出てきた時が勝機だ。それまで持ち堪えればいい。

スハイルが周囲に目を走らせて剣を握り直した、その時だった。

「陛下！」

誰の声だったか知らない。

スハイルがその叫び声に反応して剣を自身の身に引き寄せた瞬間、足元からゴブリンが飛び出してきた。

耳にするだにおぞましいゴブリンの鳴き声が今までにないほど近くで聞こえたかと思うと、背後からもマントを乱暴に引かれてスハイルは一瞬体勢を崩した。

「……！」

リドルが振り返って弓を構える。しかし、スハイルの足元から飛び出してきたゴブリンはすでにマントや甲冑にしがみついていた。ゴブリンを射れば、スハイルをも傷つけてしまう。

「ッ！　……俺に構うな！　己の目の前に集中しろ！」

一斉にスハイルを振り返った騎士たちに声を張り上げながら、スハイルは甲冑に噛み付いたゴブリンを払い落とした。

振り落としても振り落としても、ゴブリンが這い上がってくる。

地中を通ってスハイルの足元からやって来たのだろう。奴らは洞窟などの暗がりで棲息する。地中を通ってきても不思議じゃない。油断した。

新たに出てくる奴らを剣で突いて防いでいれば、よじ登ってきたゴブリンに首元を狙《ねら》われる。かといって、一体ずつが凄《すさ》まじい力で爪を食い込ませてくるものだから容易に引き剝《は》がすこともできない。

「陛下！」

リドルが弓を下ろして手を伸ばしてくるが、そうしていればリドルもゴブリンの餌食《えじき》になってしまう。

「下がっていろ！」

舌打ちをしたいほどの気持ちでそう声をあげた時、腕に痛みが走った。食いちぎられた、と思った時には鮮血が滴ってくるのを感じた。

スカーが慌てて駆けつけてくる。焦りと苛立ちで、スハイルの顔が歪んだ。

ゴブリンはこの戦場の将がスハイルだとわかっていて、狙いを定めてきた。それ以外は、あるいはスハイルの慢心のための捨て駒《ごま》かもしれない。それほど、スハイルによじ登ってきた個体の力は凄まじいものだった。

「——……ッ、！」

冗談じゃない。

城でユナンが待っているというのに、疲れた顔だけじゃなく傷ついた姿など見せられるものか。

腕に噛み付いたゴブリンを己の肉ごと引きちぎって地面に叩《たた》きつけるとスハイルは剣を突き刺した。今は痛みも感じない。

この場を無事に切り抜けることしか考えられない。

早く城に戻って、ユナンの宝石のような鱗を撫でながら他愛のない未来の話をする。

そのためにも、こんなところで血を流しているわけにはいかない。

ギャアア、とゴブリンの耳を裂くような鳴き声が耳のすぐそばで聞こえた。はっとした時には首あてを摑んだゴブリンがすぐ眼下に迫ってきていて、スハイルは思わず剣を取りこぼした。

「スハイル！」

まるで子供の頃のように、スカーが叫んだ。戦場では常に冷静で不遜《ふそん》な態度を崩したことのないスカーが。

どっと冷や汗が噴き出してくる。

まさか、これまでなのか。脳裏にユナンや子供たちの笑顔がよぎる。走馬灯だなんて御免だ。頭を振りかぶって唇を噛み締めた、その時。

——遠くから大きな羽音が聞こえた。

「!?」

不思議と、安らぎを覚える音だった。

暮れはじめた空に、影が近付いてくる。

それは見る間に大きくなって、まるで翼を広げた鳥のような——巨大な闇《やみ》がやって来るようにも見えた。

「ドラ……ゴン……？」

どこからか、震える声が漏れた。

誰かの従騎士だろうか。あるいは騎士でもユナンのことを知る者は少ない。知らなければ、ゴブリンにも押されているという状況でドラゴンまで現れたとなればこの世の終わりのように思えるだろう。

「……ユナン」

しかし、スハイルの目に映るあの美しい姿はユナンだ。白く気高く、荘厳な姿。間違いない。

ただ、ユナンは今スハイルの子を身籠っているはずだ。

体を這い上がってくるゴブリンのことも忘れて呆然《ぼうぜん》としたスハイルの視界を、ユナンの大きな翼が覆う。突然の「不吉」の飛来に、悲鳴をあげる騎士もいた。

『スハイル……！』

ユナンからもスハイルが見えたのだろう。

苦しげな声が聞こえたかと思うと、長い首を揺らして戦場の有様を見回したユナンが大きく羽ばたいた。ゴブリンの声が響いて、奴らが——あるいは騎士たち以上に——ドラゴンに怯えているのがわかった。

『少し、身を低くしていてください』

唖然《あぜん》とした騎士たちに向かって言うと、ユナンは大きく口を開いた。

体が大きいから近く見えるが、相当上空にいるのだろう。それでもユナンが羽ばたくたびに地表まで強い風が巻き上がった。

『……スハイルから離れなさい』

唸《うな》るような声。その牙から火花が散ったかと思うと、次の瞬間ごおっと豪炎が空を焼いた。

「！」

まるで、手が届くほどの距離に太陽があるかのような明るさだった。

あまりの眩《まぶ》しさに目を瞑《つむ》ると、ゴブリンの悲鳴が遠くなっていく。スハイルのマントも軽くなった。

「……っ、ゴブリンを囲め！　決して逃がすな！」

咄嗟にスハイルが声を張り上げると、ドラゴンの飛来で愕然《がくぜん》としていた騎士たちも我に返ったように身構える。

散り散りに逃げ出そうとするゴブリンたちを剣で囲い込み、逃げ出そうとするものを剣で抑え込む。

ユナンの吐いた炎の眩しさに視力を奪われたゴブリンたちはさっきまでのすばしっこさとは違う、支離滅裂な敗走を試みるばかりだ。

「ユナン、お前……子供は」

血の滴り落ちる腕を押さえて仰いだユナンの腹部は、出会った頃と同じように細身のものだ。スハイルはゴブリンの囲い込みに奔走する臣下の後ろで思わず立ち尽くしたまま尋ねた。

『産んできました。今はリリとメロが温めてくれています』

「――――……」

スハイルとは反対にせわしなく戦場を見回しながら、逃げ出したゴブリンがいないか確認しているユナンの声は険しい。

まるで、この戦場で何を悠長なことを言っているのかと叱《しか》られているような気分だ。

母は強しというべきか、自分の后は立派なオスだと誇らしく思うべきか混乱して、スハイルは言葉を探した。

「あのドラゴンって……」

「ああ、……ユナン様、なのか？」

ドラゴンのおかげで戦況が一変した現実を目の当たりにして、騎士たちが顔を寄せ合って頭上のユナンを窺っている。

スハイルは顎先を震わせて、ユナンを見上げていた視線を地上に戻した。

いくら騎士たちといえど、実際にドラゴンと遭遇したことがある者を数えたほうが早い。

騎士たちによって避難を促され、ゴブリン退治の場になっているこの農村の住民たちもどこか近くの村でこの空に滞空したドラゴンを見ているかもしれない。

――それでも、ユナンが来てくれなければ今頃スハイルの首は嚙みちぎられていた。

『みなさん、すみません。ゴブリンたちがトルメリアにやってきたのはきっと、わたしのせいです』

ユナンのことをどう話そうかとスハイルが逡巡している間に、ユナンが静かに口を開いた。

まるで暮れた空を流れる温かな風のような、優しい声。

スハイルがよく聞き慣れている、ユナンの声だ。

『ここからほど近い、西の森にわたしは棲んでいました。しかし、そこを離れたので――天敵がいなくなったゴブリンたちが、この国にやってきたのだと思います』

「それならば、責任は俺にある。お前を西の森から城に連れてきたのはこの俺だ」

傍らで、リドルが緊張したのがわかった。ユナン自身も目を瞠った。

当たり前だ。

大勢の騎士たちの前でユナンのことを話せば、いずれ臣民にまでこの話は広まってしまうだろう。

ユナンの身を案じてドラゴンであることを隠してきたのは、他でもないスハイル自身だったのに。

しかしゴブリン被害の責任を、ユナンになすりつけるなんてことはできない。

産卵した直後だというのにスハイルを助けるために駆けつけてくれた、愛しいユナンのことを恥じることなど何一つないのだから。

『スハイル……』

ユナンがためらうように口を開いて、すぐにぐっと堪《こら》えて首を上げた。

大きな翼が羽ばたき、体を上昇させる。見れば見るほど美しく、神々しいまでに頼もしい姿だ。

『ゴブリンの天敵はドラゴン——わたしです。わたしが責任を持って退治しますので、どうかみなさん力を貸してください』

湖の光を湛えたようなユナンの碧色の瞳が、騎士たちを見渡す。

騎士たちは一瞬顔を見合わせあったが、すぐに力強く肯いてユナンを仰いだ。

ドラゴンであり王妃であり、この戦場を救った救世主を。

『ありがとうございます。では、逃さないように彼らを巣に追い詰めてください』

ユナンがゆっくりと上空を旋回して尾を揺らすと、それだけでゴブリンたちが逃げ出そうとする。

おそらくその先に、奴らの巣があるのだろう。

逃げ出さないように牽制《けんせい》しながら、巣まで誘導させる。

ゴブリンは社会性のある生き物だ。巣ごと根絶やしにしてしまわなければ、今日と同じことを何度でも繰り返すことになる。

しかし、ゴブリンの巣といえば暗い洞窟か地中深くということになる。小さな体で狡猾《こうかつ》な頭脳をもつゴブリンの根絶やしは難しいとされているが――。
スハイルがユナンを仰ぐと、視線があった。
いつも口吻けているその唇から、炎が覗く。
ユナンは微かに笑ったようだった。
『――わたしが、燃やし尽くします』

「うわぁ、手ちっちゃい！」

泣き出しそうな蕩けそうな顔で相好を崩したリリが、掌に乗ってしまうほど小さなドラゴンの前肢を指先ですくう。

キュー、と赤ん坊ドラゴンが鳴き声をあげると、言葉をなくしたメロは両手で顔を覆ってその場にうずくまった。

ユナンが卵を産み落としてすぐにゴブリン退治に飛び立った日から数日。

帰城したユナンはすぐに温室に戻ったけれど、それからもたびたびリリとメロが卵を温めたいとやってきては交替して孵化《ふか》を待った。

ユナンはその間にスハイルやその他傷ついた騎士たちを治療するために動くことができたので助かったけれど、おかげでリリとメロはすっかり親気分のようだ。

「リリ、俺にもミクを抱かせてくれ」

怪我の療養のために温室に持ち込んだ大きなハンモックに腰かけたまま、スハイルが腕を伸ばす。

ゴブリンに噛まれた傷はすっかり良くなってきたようだ。まだ傷跡は目立つけれど、いずれはそれも消えるだろう。

新しく産まれた子はスハイルとゆっくり話し合ってミクと名付けた。

透き通るような薄青色の鱗を持った女の子で、リリとメロだけじゃなくスハイルもその可愛さに形無しといった感じだ。まだ、ヒトの形にさえなっていないのに。

「はい、父上」

小さなミクを恭しく両手に乗せたまま、リリが慎重にハンモックへ近付いてくる。

スハイルも緊張した様子でそれを受け取ろうとした――瞬間、ミクがまだ小さな羽を広げるとパタタっとはばたいた。

「あっ！」

誰ともなく、一斉に声があがる。

一瞬体が浮いた程度だけれど、確かにミクが飛んだのを見てリリの頬が興奮で紅潮した。

「すごい！　母上、いま見ましたか？　ミクが飛んだ！　こんなにちいちゃいのに、もう飛べるんですね！」

「ミク上手だった～！」

メロはまるで自分の子供の初飛行を見てしまったかのように涙ぐんでいるし、スハイルもリリとメロの言葉に肯き、隣に腰掛けたユナンを振り返る。

「ミクは賢いな。まだ産まれたばかりなのにこんなに活発だし、何よりお前によく似て愛らしい。これは成長が楽しみだ」

リリからそっと受け取った幼体のミクと、隣のユナンを見比べたスハイルが双眸を細める。

ミクも父親の手の上だということがわかるのかリリにそうされていた時とは違ってまだ細い首を精一杯伸ばしては「ぴ、ぴ」と短く何度も鳴いている。

「ミク、父上になにか言ってるよ！」

「はは、なんだろうな」

メロとリリが耳を澄ませてみるけれど、やっぱりミクの言葉はわからないようだ。ユナンにも正しいところはわからない。ただお腹が空《す》いたとか、生理現象を訴えているわけではないことだけはわかる。

だとすればきっと、父親の手に抱かれて嬉しいのだろう。

「スハイルもだいぶ子煩悩ですけれど、ミクも父親が大好きな子供に育ちそうです」

リリとメロに対してだって過保護すぎるのではと思うくらいなのに、姫だなんていったらスハイルがどうなってしまうか知れない。

ユナンが近い将来を案じて苦笑を浮かべると、それをどう受け取ったのか、スハイルが驚いたように目を瞠って慌てて手の上のミクをリリに押し戻した。

「何を言っている、俺が一番愛しているのはお前だけだ」

「そ……っ！　そ、そういうことじゃありません！」

リリとメロから感嘆の声があがると、かあっとユナンの顔が熱くなる。

そういうつもりで言ったわけじゃないけれど、スハイルの手がユナンの腰に回されるとなんだかそういう意味でもいいかという気になってきてしまうから、困る。

「メロも母上だいすき！」

「リリもです！」

スハイルに続けとばかりリリやメロもユナンに飛びついてきて、ハンモックが大きく揺れる。ミクまでリリの肩の上で楽しそうに鳴いた。

べつにミクにやきもちを焼いたわけではないのだけれど、心が温かくなってユナンはスハイルに凭れながら子供たちを抱き返した。

こうして新しい命に恵まれ、スハイルも穏やかに過ごしていられる。

こんなに幸せなことが当然だなんて思ったことはない。それでもこの生活があるのはトルメリア王国が平和だからこそなのだと今はつくづく痛感する。

国民たちが穏やかに暮らしていられなければ、スハイルも笑ってはいられない。

スハイルがくたびれていればユナンも心配が募るし、子供たちだって寂しい思いをしてしまう。

ユナンにとってはもう、この国に暮らす民みんなが自分の家族のように思える。

——彼らがユナンをどう思っているかは別として。

「……スハイル、この間のゴブリンの話なのですが」

傷跡の残るスハイルの腕に触れながらユナンがおそるおそる切り出した時、温室の扉がノックされた。

顔を出したのは、産卵の時にユナンを凜々《りり》しく送り出してくれた侍従だ。

「陛下、ユナン様。ミク様の湯浴みのお時間でございます」

頭を深く垂れた侍従は、もうすっかりスハイルやユナンの前で臆《おく》することもない。産卵から孵化までミクに付き添ってくれたよしみで、すっかり乳母として働いてくれている。

なにしろスハイルもユナンもオスなのだから、ミクを立派なレディとして育てるには女性の手が必要になる。

「ミク、湯浴みだって」

「リリもお手伝いします！」

まだ幼体で鱗が乾きやすいミクには日に何度もの湯浴み――正確には水浴びだけれど――が必要になる。メロは大切にミクを両手に乗せながら、侍従のそばまで駆けていく。後ろからリリも続く。

メロに運ばれるミクは上機嫌で、羽をばたつかせ尻尾を跳ねさせながら歌うようにきゅっきゅーと鳴いている。

侍従の恭しい一礼を残してその鳴き声も温室の外に出て行ってしまうと、あたりは微かなせせらぎと風に揺れる葉の音だけになった。

腰に回された手がユナンの長い髪を撫でてすぐ隣の顔を仰ぐと、スハイルはユナンの触れた腕の傷に視線を落としていた。

「ゴブリンに襲われた村は、生活が安定するまで国から手当を出すことになっている。失われた家畜が帰ってくることはないが、ゆっくりと時間をかけて元の生活に戻るまで騎士たちも手を貸すことになっているから大丈夫だろう」

金糸のような睫毛を伏せたスハイルの憂いを帯びた横顔を見つめていると、ふと榛色の瞳がこちらを向いた。胸がどきりと音をたてる。

慌ててユナンが目を逸らそうとすると、スハイルがユナンの手を握った。

「騎士たちの傷も、経過は良好だ。産後で疲れていたはずなのにお前が手当てに奔走してくれたおかげだよ。ありがとう」

「そんな」

ユナンは首を左右に揺らして、スハイルの胸に顔を伏せた。

騎士たちの手当てをしたといっても、意識が混濁するほど失血した騎士たちに術を施すことができたのがせいぜいだ。それだって、騎士が目を醒ました時に「自分がドラゴンのおかげで助かった」のだと知らさないでくれと頼み込んだ上でのことだ。

あの時、トルメリアの騎士たちを——スハイルを助けたい一心で無我夢中だったけれど、ドラゴンの姿を明かしたのは良くないことだっただろう。

スハイルがドラゴンにたぶらかされた王だなどと広まってしまっているかもしれない。

初めてスハイルがユナンを后にすると宣言した時の玉座の間を思い出す。

今だって宰相たちはドラゴンの后なんてと苦々しい態度を隠しもしないのに。

「ゴブリンがやって来たのはお前のせいなんかじゃない」

スハイルの胸でうつむいてしまったユナンの心を見透かしたように、優しい声が耳元で囁く。

「お前を城に連れてきたのは俺だ。西の森にドラゴンがいなくなることで、こんなことが起こるなんて考えもしないで」

髪をゆっくりと撫で下りてきたスハイルの掌が耳の下で止まって、指先が耳殻を掠めるように撫でる。そのくすぐったさにユナンが首を竦めると、今度は耳にスハイルの吐息が近付いてきた。

「あの時はそんなつもりなどなかったが……今思えば、湖でお前の姿を初めて見た時から心惹かれていたのかもしれないな。だから城に連れて行きたくて、あんな手荒な真似をしたんだろう」

「ドラゴンが不吉ではないことを、証明したかった……のではないのですか？」

胸から顔をちらりと上げて頭上の顔を窺うと、芝居がかった大袈裟《おおげさ》な仕草《しぐさ》でスハイルが苦笑してみせた。

「もちろん、そのつもりだった。しかしそれもただの口実だったのかもしれないぞ？」

あの時スハイルが何をどう感じていたかを、ユナンに知る術《すべ》はない。

ただ一つだけわかることは。

「——もしそうだったとしても、わたしがスハイルと離れたくなくなってしまったことは、確かです」

ドラゴンの不在がこれから同じような災いを呼ぶのだとしても——それでも、ユナンはスハイルのそばを離れられない。

スハイルと一緒にいるためならばなんだってする。それがたとえ、戦いでも。

ユナンが覚悟を決めたようにスハイルの胸にきつく抱きつくと、スハイルもすぐに背中を強く抱き返してくれた。同じ気持ちだというように。

「ユナン」

頬を擦り寄せながら名前を呼ばれると、不思議とそうなるような気がしてユナンは顔を上げた。

腕の力を弱め、わずかに空いた隙間でスハイルが顔を覗き込んでくる。吐息がかかるほど近くて、ユナンの胸の音まで伝わってしまいそうだ。

スハイルがそっと身を屈めて瞼を伏せながら顔を傾ける。近付いてくる唇に、ユナンもぎゅっと目を閉じ——。

「陛下、失礼します」

「!!」

瞬間、リドルの怜悧な声にユナンはハンモックの上で飛び上がった。

子供でもあるまいし思わず羽が広がってしまうかと思うほど驚いて、思わず噎《む》せ返る。スハイルも冷静ではないようで、ユナンを背後に回しながら返した声は上ずっていた。

「リドル、ノックをしろ」

「しました」

呆れたようなリドルの声。そのそばで、スカーの咳払いも聞こえた。ユナンはとても顔を上げられなかったけれど。

「まあ、温室は広いからな。聞こえなかったんだろ」

スカーが申し訳程度にフォローを試みてくれたようだけれど、さっきはあんなに賑やかな子供たちがいたというのに侍従のノックは聞こえていた。

かといって、リドルがノックをしないで入ってきたなんてことは考えられない。つまり。

「二人の世界に浸ってらしたんでしょう」

スカーに答えるていでリドルが言うと、ユナンの顔の熱はますます上昇した。

ミクと一緒に湯浴みをしてこなければヒトの体でも乾いてしまうかもしれないと思うくらい。

「お前ら……」

「陛下はご療養中の身、ご夫婦で水入らずの時間を過ごされることはよろしいことなのでは？」

「そう思うなら入ってくるな」

つんとしたリドルの調子に、スハイルが照れ隠しなのかあるいは子供の頃に戻った調子なのか、怒ったように声を荒らげる。スカーがそれに耐えきれないように笑い声を漏らした。

「――ただ、ご報告は早いほうがいいかと思いましたので」

ぴくり、とスハイルの背中が震えた。

緊張したのかもしれない。

リドルを向き、ユナンを背中に回したスハイルがどんな表情を浮かべているのか窺おうとした時、ハンモックが大きく揺れてスハイルが地面に降りた。

「城で聞こう」

既に王の態度だ。

ユナンの愛する人で、子供たちの父親ではない。臣民の王であり、城を守る長である顔をしている。

急に隣のぬくもりがなくなってしまったことは寂しいけれど、仕方のないことだ。スハイルはユナンただ一人のものではないのだから。

ユナンが胸を押さえてスハイルを見送ろうかとした時、リドルがゆっくりと首を振って微笑んだ。

「いえ、それには及びません」

リドルの言葉に緊張しているのは、スハイルだけのようだ。

スカーはリドルの隣でゆったりと腕を組んで笑いながら——何故か、ユナンを見ているような気がする。

どういうことかとスハイルが口を開く前に、リドルが鼻の上の眼鏡を押し上げた手で書類を開いた。

「聞き込み調査の結果では、たしかにあの日、宵《よい》の空を飛行するドラゴンの姿は多くの国民が目撃しています」

「!」

ユナンがはっとして息を呑むと、スハイルがリドルに歩み寄った。

「報告なら執務室で受けると言っている」

スハイルが急に険しい表情になったのはそういうことか。

ゴブリンを退けた日にドラゴンの姿を多くの国民が見てどんな影響を受けたのか——それは、ユナンも知る必要がある。

ユナンは自身の手を強く握ると、ハンモックを降りてリドルに向き直った。ここで話してほしいと。

そう、言うつもりだった。

「先より王妃がドラゴンなのではないかという噂がまことしやかに流れていましたが、それを裏付ける形となり——」

「リドル」

スハイルが声を荒らげる。しかしリドルは動じた様子もなく、細い指先で報告書をめくった。

「我が国の王妃は強く美しい、と」

緊張が走った温室内に、リドルの声が響いた。

ともすればリドルの肩を掴んで引きずり出しかねない勢いだったスハイルが動きを止め、言葉をなくしている。ユナンも、ぽかんとしてしまった。

静寂に包まれた中で、スカーだけが小さく噴き出した。

「ゴブリンに襲われた村の上にドラゴンがやって来て、火を吐いてゴブリンを撃退したんだから、そりゃ英雄だろ」

「し、しかし……」

ユナンが震える声で思わず口を挟むと、報告書から顔を上げたリドルがスハイルの体を避けてこちらを覗き込み、双眸を細める。

「我が国の国王夫婦は国民に信頼されています。奥ゆかしい王妃と愛らしい王子が実はドラゴンだったと知ったところで、それを非難する者などいません。ドラゴンが不吉をもたらすなどという話が迷信に過ぎないことは、既にユナン様が証明しています」

「ユナン様のことを家族や近所の奴らに漏らしてる従騎士なんかもドラゴンに助けられたって話しか

してねぇ。ま、実際その通りだしな」

にわかには信じられないけれど、リドルがこんなことでわざわざ嘘をつくとも思えない。

ユナンは胸がいっぱいで言葉が出てこなくなってしまって、スハイルの服の裾へ手を伸ばし、ぎゅっと握った。

「ユナン様がもともと国民から人気あったってのもあるんだろうけど」

「ともあれ、先日までのゴブリンの脅威から解放された国民たちは姫のご誕生と王妃様の話でもちきりです」

報告は以上、とばかりにリドルが書類を閉じるとスハイルの肩からもどっと緊張が解けていくのがわかった。

背中にすがったユナンに腕を回して、隣に引き寄せると片腕でも痛いくらいに抱きしめてくれた。

言葉がないのは、スハイルも同じだ。

何も出てこない。国民の一人ひとりにありがとうと言って回りたいくらいだ。

「報告ご苦労だった。他になければ、出て行ってくれ」

頭上で思いがけず硬いスハイルの声がして、その顔を仰ぐ。

「スハイル?」

目を閉じたスハイルの表情は量れなかったけれど、リドルとスカーは静かに一礼して踵《きびす》を返していく。

「どうして……」

喜ばしい報告だったと思ったのは、もしかしてユナンだけだっただろうか。いや、リドルとスカーだってそう思ったからユナンの前で聞かせてくれたはずだ。

何か心配事があるのだろうか。

リドルとスカーの姿が温室から消えるのを待って、ユナンは傍らのスハイルにおそるおそる尋ねた。だけど返ってきたのは言葉じゃなく、息が止まるような乱暴な抱擁で。

「す、……っスハイル⁉」

あまりのことに驚いて声をあげると、そのまま抱き上げられてハンモックへと連れ戻される。

短い距離とはいえ、ユナンはオスなのだからそう簡単に抱き上げられるような重さでもないだろう。ましてスハイルの腕にはまだ完治したとはいえない傷もある。

せめて抵抗を試みようとしたものの、間もなくハンモックへ寝そべるように降ろされた。

もっとも、ハンモックは人一人が横になるのに十分な大きさがある。

「スハイル？　あの……」

「なんだ？　もっとリドルやスカーと一緒にいたかったのか？」

どうかしたのかと尋ねる前に、どことなく怒っているかのような声に問いかけを阻まれてユナンは目を丸くした。

首を振ると、ユナンが占領するように足を伸ばしてしまったハンモックにスハイルも乗りかかってくる。ハンモックが、大きく揺れた。

「そうじゃないですけど……でも、あんな追い出すような」

ドラゴンであるユナンが国民に受け入れられたことを、リドルやスカーも喜んでくれていたように見えた。だからもう少し話をしても良かったのだけど、スハイルが彼らを下がらせた理由はハンモックの上で覆いかぶさってきた顔を見ればすぐにわかった。

「早くお前と二人きりになりたかったんだ」

さっきまでの王の貫禄はどこへやら、あどけなささえ残っているような拗ねた表情のスハイルに額を擦り寄せられるとユナンは思わず笑ってしまった。

「ふふふ、これから一生のうち何時間だって二人きりで過ごせるのに」

そうは言っても、一分一秒だってその時間を長く過ごしたいと思うのはユナンだって同じだ。

スハイルの背中に腕を回してやきもち焼きの旦那様を抱きしめると、先端が少し赤くなったスハイルの高い鼻が首筋へと滑り降りてくる。

「何十時間だって何千時間だって、お前だけを見つめていたいんだ。日に百回と口吻けたって足りない」

熱い吐息混じりに囁くスハイルの唇がユナンの肌を掠めて、湿らせていく。

笑っていたユナンの唇からも次第に甘い息が漏れはじめて、重なったスハイルの体を締め付けるように両の足を擦り合わせた。

「この国の人間がどれだけお前のことを慕っても、お前は俺の王妃だ。俺だけの、后だ」

「もう……国の人全員にまでやきもちを焼くんですか？」

ユナンがスハイルのものだなんて、言われなくてもわかっているのに。

思わず笑ってしまいながらスハイルの頬に両掌をあてがって顔を上げさせ、視線を合わせる。こちらを仰いだ表情は、意外なくらい真面目だった。

「当然だ。お前の唇を掠める風、お前の視線を奪う花やお前に囁く小鳥にだって俺は嫉妬《しっと》してるんだ」

困った人だと返す前に乱暴に唇を吸い取られて、ユナンは頬を押さえていた手をスハイルの首の後に回して顎を上げた。

スハイルがどんなにやきもちを焼いたって、ユナンの心はスハイル一人だけのものだ。

心だけじゃない。体も。

ずっと森の奥で木々や動物たちとだけ過ごしてきたユナンが、こんなはしたない気持ちを覚えるのだってスハイルだけなのに。

だけどそれを伝える唇が塞がれてしまっていて、言葉で伝えるのはとてもじゃないけれど難しそうだ。

「ん……、っふ、……ん」

口内にスハイルの舌を含んで、牙の裏側まで舐められると背筋がぞくぞくと戦慄《わなな》いてしまう。体の力が抜けていくような感覚は、初めてスハイルと唇を合わせた時から変わらない。

スハイルの舌に口の中を愛撫《あいぶ》されると体が蕩けてしまうようで、ユナンだってスハイルをそんな気持ちにさせたいと思うのに、どうしても真似ができない。挑戦する前にユナンが息をあげてしまうせいだけれど。

「ぁ、……っスハイル」

銀糸を引いた唇が離れたかと思うとスハイルの掌がユナンの腰を滑り降りようとしていて、ハンモックが大きく揺れた。揺らしたのはユナンだ。

身を捩って、自分の体にもたげてくるじりじりとした熱を逃がそうとする。だけどスハイルの触れたところからすぐに熱は帯びて、勝負にもならない。

「ユナン」

無意識にいやいやと首を揺らしたユナンの額の角に、スハイルが口吻ける。それだけで短い声をあげそうになって、ユナンは唇を手で塞いだ。

「大丈夫だ、もう誰もここへはやって来ない」

スハイルに退室を命じられたリドルとスカーは他の人間をこの温室に入れさせないようにするだろう。こうなることが二人にわかっていたらと思うと恥ずかしくてたまらなくなるけれど、体の熱を抑えようとするのはそれだけじゃない。

「だって……あの、交尾をしたら——……また、こどもができてしまい……ます」

産卵したばかりで、すぐにできるのかどうかはユナンにもわからない。

でも、なんだかできてしまいそうな気がする。

スハイルに口吻けられるたびに、親としての体からスハイルの種を欲しがるツガイの体になっていく感じがする。

それがなんだか恥ずかしくて、体の熱がどんどん上がっていく。

「何人子供が産まれたって構わないだろう？　俺とお前の、愛情の証《あかし》だ。二人でなら守っていける」

赤く色付いているだろうユナンの頬を短く吸い上げたスハイルが、同意を求めるようにユナンの瞳を覗き込んだ。

熱で潤んだ視線を上げると、すぐに唇を食まれて目を瞑ってしまったけれど。

「かわいいかわいい俺の后。俺だけに見せる愛しい顔をもっとよく見せてくれ」

何度も短く唇をついばまれて、ユナンは息を喘がせながら愛しい旦那様の独占欲に応えるようにその体にしがみついた。

この人と、ともに生きる。

たくさんの子供に囲まれて過ごす幸せな未来を想像しながら、ユナンはうっとりと目を閉じた。

侍従長の秘密、
王子の囁き

執務室の扉をノックしようとして、手を止めた。

部屋の中から、微《かす》かに話し声がする。スハイルにこの時間、来客の予定はない。あるいは宰相か誰かが訪ねているのかもしれないと一瞬考えたけれど、すぐにその可能性は打ち消された。

扉の中からは楽しげな笑い声が聞こえた。

中にいるのは、スハイルの后《きさき》であるユナンであることは明らかだ。

「――……」

リドルはノックしかけた手を握りしめて、踵《きびす》を返した。

なるべく足音を立てないように息を潜めて、自分の存在を隠すように。

「あ、リドル！」

提出しようとしていた書類を抱えたまま自室に戻ると、扉の前には肩章とマントを着けたままのメロが立っていた。

廊下の角を曲がったリドルの姿が見えた瞬間、まっさきに声が飛びついてきて、その後すぐに騒がしい足音が走ってくる。

「メロ様」

「はい、貸して」

突進してくるかのような早さでリドルの前まで駆けてきたかと思うと、目の前で急停止したメロはぱっと両手を広げて突き出してきた。

思わず、怪訝《けげん》な顔でメロを仰ぐ。

トルメリア国の双子の王子、メロは巷《ちまた》で太陽の子とあだ名されているらしい。

そう言いたくなる臣民の気持ちもよくわかる。

メロは父親譲りの明るい金髪で、母親の髪の色によく似た青い目をしている。黙ってさえいれば父親も顔負けの美丈夫といった感じなのに、そのよく整った顔は少しだってじっとしていた試しがない。

彼はいつもよく笑っていて、騎士たちに混じって剣技の練習をするばかりか最近じゃ城下の見廻《まわ》りまでしているというのだから人気があるのも肯《うなず》ける。

戦場では前線に立つことを信条とするスハイルも頼もしいと評判の王だが、メロはそのあたりも父親に似ているのだろう。

とはいえ、まだまだ落ち着きのない彼はドジを踏んでは城下の人々に微笑《ほほえ》ましく見守られているのだそうだ。

メロはまるで、太陽の子だ。

その屈託のない笑顔で人を明るい気持ちにさせるし、彼の活発さは心が温かくなる。

実際、メロが駆けてくるまで、リドルは自分がうつむいていたことにも気付いていなかった。

「書類。持ってあげるよ」

体つきだけはあっという間にリドルを追い越してしまったくせに、剣技の訓練からそのままやって来たのだろう、薄汚れた掌《てのひら》を差し出したメロの表情はまだあどけない。

文字通り大きな子供、だ。

ドラゴンの生態についてユナンから詳しく聞いたところによるとドラゴンはだいたい我々人間より三倍の速度で成長するらしい。

特に子供のうちはその成長が顕著で、ドラゴンはただでさえも希少種だからこそすぐに一人で動けるようにならなくてはならないため、人間のように子供の時分が長くないそうだ。馬と同じようなものか、と言うとユナンはおかしそうに笑って肯いた。

人とドラゴンとでは、年齢に対する感覚も違うのだろう。

ユナンは話しているとまるで十六かそれくらいのうぶな少年のように感じるが、本人曰《いわ》く五十歳なのだというのだから。

「リドル？」

などと考えていたら、ついメロの顔をじっと見つめていたようだ。

慌てて首を振って視線を伏せると、リドルは書類を胸に抱え直した。

「王子に荷物持ちをさせるなど、とても」

「いいじゃん、おれが持ちたいっていってるんだから」

リドルがメロを避けて自室に向かおうとすると、メロはその後ろを楽しそうについてきた。

一体なにが楽しいのか、メロはいつでも楽しそうだ。長い足を大きく振って、時には跳ねるようにしてリドルの後をついてくる。

王子なのだから前を歩けと言っても決してそうしない。

あまりにもいつもそうしてリドルの後をついてばかりいるから、騎士たちには「リドルがメロの散歩をしている」と揶揄《やゆ》されたこともある。

王子をまるでペットのようにいうのは不敬ではないかとリドルは眉《まゆ》を顰《ひそ》めたのだけれど、当のメロは一緒になって笑っているのだからたちが悪い。騎士に混じって訓練しているメロはいつも、多くの兄に囲まれている末っ子のように見える。気のおけない仲なのだろう。

「今日も訓練に参加されておいでだったのですか」

「うん！　騎馬の訓練と、剣技は素振り百回。それから今日は隊列の訓練も参加したんだ」

剣を構える素振りをして背筋を伸ばしたメロの姿はずいぶんと逞《たくま》しくなった。

スカーから直々に鍛えられているだけあって伸びやかな筋肉がついているようだし、まだ首の細さなどは子供っぽさが残っているものの短く刈った襟足から精悍《せいかん》な騎士といった雰囲気が出ている。

剣を振り上げ、振り下ろす。

以前は勢い任せにしていた所作が、丁寧な仕草《しぐさ》になっていてリドルは思わず双眸《そうぼう》を細めた。

しかし。

廊下を通り過ぎていく従者がメロとリドルの姿に深々と一礼して行くのに気付くと、我に返って鼻の上の眼鏡《グラス》を直した。

「鍛錬に熱心なのは結構ですが、あなたは王子なのですから騎士とばかり行動をともにしていてはいけませんよ」

小さく咳払《せきばら》いしたリドルに、メロが青く透き通った目を丸くして振り向いた。手にはまだ、目には見えない剣を持ったまま。

いくらメロが騎士の訓練に夢中であっても、彼が騎士になることはない。

メロは王子であり、騎士に護《まも》られるべき側の者だ。

廊下で剣を振る真似《まね》をするようなやんちゃな子供でも、従者にとってはこの国の大事な王子なのだから。

「もちろん、有事の際には戦場に出ることも必要となるでしょうが――」

「でも、リドルは強い男が好きでしょ？」

「は？」

思わず素《す》っ頓狂《とんきょう》な声を漏らしてしまって、慌てて口を塞《ふさ》ぐ。

腕から滑り落ちそうになった書類を、メロが咄嗟《とっさ》に受け止めた。

リドルの大きな声に、さっき通り過ぎていった従者が振り返る。嫌な汗が額に滲《にじ》んだ。

「メロ様はなにか誤解されているようですが、私はこれでも男ですよ。強い男性に憧《あこが》れる……そうですね、幼い頃は陛下やスカーのように大きな体になれないかと思いはしましたが、今はこれでも」

「わかってるって」

思わず、言い訳がましくなったかもしれない。

無意識に早口でまくしたてた言葉を遮られて、ぎゅっと空の拳《こぶし》を握りしめる。

深い湖のようなメロの瞳《ひとみ》は、たまに何もかもを見透かしているような大人びたものに見える瞬間がある。それはきっと、自分に後ろ暗いところがあるせいだとはわかっているのだけれど。

「べつに、リドルを女の子扱いしたいわけじゃないよ」

「されても困ります」

自分は女にはなれない。

女じゃないからこそスハイルの役に立てるのだから、それでいいと思っていた。

女になりたいなどと思ったことはない。

実際、ユナンは女性じゃなくても選ばれたのだから、仮定の話さえ無意味だ。

「ただ、おれがリドルのことを好きなだけだよ」

「っ！」

屈託ない顔で笑ったメロが、リドルの取りこぼした書類を頭上に掲げて廊下を歩きはじめる。今日習ったばかりの隊列の復習でもあるのだろう、膝《ひざ》を伸ばして足を前に振り上げるような歩き方で。

身長がリドルを越した頃からだろうか。メロはこうして頻繁にリドルを好きだと言って憚《はばか》らなくなってきた。

小さい時はよくリドルの部屋に泊まりに来ていたし、懐いているという意味では好きだとも言われていたかもしれないけれど――最近は、少し違う意味合いを帯びているようで。

「王子」

「王子って呼ぶのやめてっていってんじゃん。メロでいいよ。おれのほうが子供なんだし」

勝手にリドルの部屋へ進もうとするメロを呼び止めると、書類を頭に乗せたメロが振り返る。

唇を尖《とが》らせておどけた表情をした姿は子供としか言いようがないのだけれど。

「王子は、王子です。しっかり自覚をお持ちください」

――男の従者に好きだなどと言うのは、自覚のない証拠だ。

子供の頃から刷り込みのように世話を焼かれていたからそれを初恋などと勘違いしているのだろう。言われたこちらとしては、態度に困る。

リドルがまるで男色家のように誤解されるだけならばいざ知らず、メロ自身が揶揄されるようなことがあってはならない。

ただでさえ城内には、まだドラゴンの后だのドラゴンとの子だのと良くない顔をする一派もいるのだ。

「私に親しんでくださるのは恐れ多くも光栄なことです。しかし、そのような誤解を生む言動は――」

「誤解じゃないよ。おれ、リドルのことが好きだもん」

足を止めたリドルに体ごと振り向いたメロは、巷で太陽と言われるその天真爛漫《らんまん》な笑顔を浮かべて堂々としている。

リドルはわざと大袈裟《おおげさ》に呆《あき》れた素振りで額を押さえた。

「ええ、ですからそれが」

「懐いてるとか、友達としてとか、そういう意味じゃないよ？」

眉間《みけん》に皺《しわ》を寄せたリドルを心配するようにこちらに戻ってきたメロが、身を屈《かが》めて顔を覗《のぞ》き込んでくる。

廊下を行き交う従者たちが「またリドルがメロ様の散歩をしている」と噂《うわさ》しているのが聞こえてくる。

るようだ。

一度本当に困りきってユナンに相談もしてみたのだけれど、スハイルもユナンもメロがペットのように言われていることをまったく気にも留めていなかった。

むしろリドルの仕事の邪魔になっていないかと心配されてしまったので、話はそれきりになった。

リドルだって別に、メロを煩わしいと思っているわけじゃない。

ただ。

「おれは、リドルと交尾したいと思っ」

「メロ様!!」

メロの言葉をかき消そうとリドルが声を張り上げると、メロが慌てて自分の尻《しり》を押さえた。危うく尻尾《しっぽ》が出そうになったのだろう。廊下を歩いていた他の従者たちも一斉にこっちを向く。

リドルは肩で息をしながら、大きく項垂《うなだ》れた。

「……そういうことを、こういうところで仰《おっしゃ》らないように……」

そう言うので、精一杯だった。

＊　　＊　　＊

「リドル様、メロ王子がどちらにいらっしゃるかご存知ありませんか？」

リドルの執務室を訪ねてきたのは、先日までは平民出の下女だった侍従だ。

今では国王夫婦の末娘、ミク姫の乳母として働いているはずだが、くたびれた様子で扉をノックしたかと思うとメロの行方を尋ねられてリドルは目を瞬《まばた》かせた。

「メロ王子ですか？　私はお見かけしていませんが……騎士たちと一緒にいるのでは？」

リドルも朝から執務室にこもって、帝国から届けられた書簡やミク姫へあてられた祝いの品の目録と首っ引きだったからメロの声も聞いていない。

ただ、いつもなら日が高いうちはずっと騎士たちの後をついて歩いているから今日も同じだろうと思っていたけれど。

「騎士の皆様に伺ってきたところ、リドル様のところではないか、と」

乳母は歩き疲れたという様子で一つ大きな息を吐いた。

ミク姫は兄であるメロやリリ同様、見る間にすくすくと成長して今や遊びたい盛りだ。

ドラゴンと人間の間に生まれた子供というのはただでさえ成長が早い上に、幼いうちは平気で羽を広げ、人間の子供以上に行動範囲が広いからそれは疲れてしまうことだろう。

今や「おれは羽なんて生やさない」と胸を張っているメロだって、以前はすぐに羽や尻尾を服の下から覗かせていた。リドルもお空に行こう、と小さな体でリドルの服を引っ張っていた頃が懐かしいくらいだ。

思えばあの頃からメロは何かと言えばリドルの周りをうろちょろと飛び回って離れなかった。

メロの行方を探したければリドルに聞けばいいと思っている人たちは、その頃の印象が強いんだろう。

人間よりもずっと成長の早いメロは、今はリドルと過ごしている時間よりも騎士たちと一緒にいることのほうが多いのに。

「さあ、私は知りませんよ」

騎士団にいる時のメロの楽しそうな様子が脳裏をよぎると、知らず冷たい言い方になってリドルは自分の口ぶりに眉を顰めた。それもまた、乳母から見たら不機嫌そうに映ったのかもしれない。はっと息を呑《の》んだ乳母は背筋を伸ばして頭を下げると、失礼しましたとだけ告げて逃げるように部屋を出て行ってしまった。

申し訳ないことをしてしまった。

リドルがメロの居場所を把握しているかどうかなんて、頻繁に訊《き》かれることだ。場合によっては親であるユナンにまで尋ねられるくらい。

今更、それくらいの質問を煩わしいなどとは思わないのに。

だけど一瞬、たしかに胸がざわついたような気がした。

もちろん乳母が原因ではない。メロの小さい頃のことを思い出していたら、なんだか感傷的にでもなってしまったのだろうか。

客人が退室して静けさを取り戻した室内でリドルは一度眼鏡を外すと、小さく息を吐いた。

目頭をつまんで、首を回す。

昔から本を読んだり仕事をしていたりすると集中しすぎて時間を忘れてしまうたちだ。たまに意識的に窓の外を窺《うかが》って時間を確認していないと寝食さえ忘れてしまう。

それも最近は減ってきたような気もする。原因はもちろん――、

「リドル！」

さっき静かになったばかりの扉が、派手に音をたてて開いた。ノックもなしに。

「メロ様、ノックをお忘れですよ」

賑《にぎ》やかな足音と、勢いよく開け放たれる扉。

これももうほとんど毎日のことだ。

さっき感じていた胸の疼《うず》きも吹き飛ぶような騒がしさにリドルは苦笑して、相手の顔を確認もせずに告げた。

「……！」

しかし、返ってきた反応はいつものあっけらかんとした謝罪ではなく息を呑む声だった。

尋ねてきたのはメロだと疑いもせずに応《こた》えてしまったけれど、人違いだっただろうか。手に持ったままの眼鏡をかけ直して念のため確認しようかとすると、金髪で長身の人影が飛ぶように駆けつけてきた。

「だめ！」

「『駄目』？」

「メガネかけてないリドルすごい！　かわいい！」

……相手はメロで間違いないようだ。

眼鏡をかけていなくてもぼんやりと髪や肌の色、身長や、目鼻立ちくらいはわかる。それに声もメロのものだし――なにより、リドルに可愛《かわい》いなどと言うのはメロ以外にいない。

「裸眼など、珍しくもないでしょう」

眼鏡をかけようとした手を押さえられてリドルは肩で息をすると、視力の覚束《おぼつか》ない目を凝らして扉を見遣《みや》った。

メロが開け放った扉は自重で閉じているように見える。まだ隙間《すきま》くらいは開いているかもしれないけれど、それはリドルの裸眼では確認できない。

「珍しくなくても、かわいいものはかわいいよ」

「さっき、ミク様の乳母がメロ様をお探しでしたよ」

「リドルってメガネかけてないとどれくらい見えないの？」

「なにか叱《しか》られるようなことでもしたんですか？」

メロがリドルの話を聞かないことなど今にはじまったことじゃない。だけどリドルが少しばかり冷ややかな顔をして見せればメロはすぐにはっとして、一瞬口を噤《つぐ》んだ。

「叱られることなんて何もしてないよ。朝起きてから、ご飯食べて、庭を走って、それから厩舎《きゅうしゃ》に行っただけだし」

一度押し黙ったのは、自分の行いを振り返っていたからのようだ。

メロはリドルの話をよく聞かないけれど、悪い子ではない。促してやればしっかり一度立ち止まって、真摯《しんし》に対応することができる。自分の話したいことばかりで勢いづいてしまう癖さえ直せば、立派な王にもなれるだろうと期待してしまうほどには。

「リドルは今日なにをしてたの？」

眼鏡を持ったリドルの手を摑《つか》んだまま、メロがその場にしゃがみこんだ。椅子《いす》にかけたリドルの足元で顔を見上げられると、なんだかメロが小さい頃に戻ったかのようだ。

さっきまでチクリと棘《とげ》が刺さったように感じていた胸がほっと温かくなってしまう、けれど。

さすがに王子を床の上にしゃがみこませたまま自分が悠々と椅子にかけているわけにはいかない。

「メロ様、今、椅子を」

「ん？　べつにいいよ」

立ち上がってメロに椅子を用意しようとすると、摑まれたままの手を引かれる。

ぼんやりとした視界ではしゃがみこんだメロは小さい頃に戻ったようでも、リドルを捉《とら》えた手の力は立派な男のものだ。

とはいえ、リドルだって男なのだからそれを振り払えないわけじゃない。ただ、王子の手を振り払うなんてことはとてもできないけれど。

「いいよって……そういうわけにはいきません。たとえ他に誰がいなくとも、あなたは王子で私は――」

「あ」

手を振り払えないながらも椅子から腰を浮かせたリドルがいつもの調子で説教をはじめようとすると、メロが突然大きな声を出した。

まさかやはり扉から誰か窺っているのかと思わずリドルが余所見《よそみ》をした瞬間、急に腕を引かれた。

「！」

中腰の状態で、日頃から鍛錬を欠かさないメロの力で腕を引かれたら、体勢を崩すのは当然のことだ。

慌てて足を踏み出して堪《こら》えようにも足元にはメロがしゃがみこんでいて。

「……っ！」

リドルは為《な》す術《すべ》もなく、咄嗟に目を瞑《つぶ》った。

眼鏡が、音もなく床の上に転がる。

幸いにもリドルの執務室は毛の長い絨毯《じゅうたん》が敷いてある。したたか頭を打ち付けたところで昏倒《こんとう》するようなことはないだろう――そう思いながら息を詰めて倒れ込んだその先は、どことなく懐かしい香りがした。

太陽の香りだ。

小さい頃にスハイルとスカーと駆け回った野原を思い出させる、暖かな香り。

「……へへ」

しかしすぐに頭上で笑い声が聞こえて、リドルは顔を上げた。

倒れ込んだ先はメロの腕の中だった。

考えるまでもなく当然のことだ。腕を引いたのはメロ自身で、リドルはメロの上に転ぶことを避ける余裕もなかった。

あるいは、メロならば抱きとめてくれるだろうという油断もあったのかもしれない。信じ難《がた》いことだけれど。

　これがメロがまだ小さな子供の体のままであったなら自分の頭が机にぶつかることを覚悟してでも必死で避けただろうから。

「リドル大胆～」

　しっかと抱きとめたリドルの背中にすかさず両腕を回したメロがはしゃいだ声をあげる。

「大胆……って、私は今メロ様に転ばされたんだと思いますが」

　腕の中に閉じ込めたリドルの肩口に嬉《うれ》しそうに顔を擦り寄せるメロに冷ややかな声をかけても、背中で繋《つな》がれた手は解けそうにない。

　人間の子供ならばまだ学問をはじめるかはじめないかという程度の子供であるはずなのに。親ほどの年齢であるはずのリドルを、メロはすっぽりと胸の中に収めてしまっている。

　子供らしい、太陽の香りをぷんぷんさせながら。

「だって、今は二人きりだもん」

　ぎゅっと、メロの腕の力が強くなる。

　そうされて初めて、リドルは咄嗟にメロから離れるということを忘れていたことに気付いた。おとなしく抱きしめられてしまっていたことに、顔が熱くなる。

「二人きりだから、私を転ばせて怪我《けが》でもさせようと？」

「まさか」

ぐりぐりと擦り寄せていた顔を止めたメロは、リドルの首筋に顔を埋《うず》めたままくぐもった声で短く答える。

さっきまで、あんなに落ち着きのない子供のようにはしゃいだ声をあげていたくせに。

いや実際、メロは子供だ。

それなのにこんなに体が大きくて、急に低い声を間近に囁《ささや》かれるとぎくりとしてしまう。

「だって、この間リドルが言ったんじゃん。廊下とかそういうところでそういうこと言っちゃダメだって」

そういうこととは、とうっかり聞き返しそうになって、リドルは慌てて口を噤んだ。

――リドルと交尾したいと思ってる。

メロはこのところことあるごとにそう言って憚らない。

ユナンにそれとなく聞いたところによればドラゴンは体の大きささえ成体となれば十分に繁殖できるようになるというし、メロが覚えた言葉を使いたいだけで言っている――というわけでは、ない、という可能性も考慮しなければならない……のだろうか。

ついこの間産まれたばかりの子供、しかも同性であるはずのメロに対してこんなことを思い悩んでいるという時点で頭を抱えたくなってくる。

「ねえ、リドル」

自然と項垂れるように顔を伏せたリドルの耳元で急にメロの声がして、思わず背筋が震える。

そういえば、抱きしめられたままだった。

うっかりメロの肩に顔を伏せてしまっていたが、こんなところをはたから見られたらリドルもまんざらでもなく、まるで抱き合っているみたいに思われるかもしれない。

見ている人がいないからこうしているんだというのはメロの理屈だ。

執務室は誰でも入ってこられるようになっている。たとえこれが机の影に隠れているとはいえ、侍従であるリドルと王子であるメロが抱き合っているなど。

「メロ様、危ないところを助けていただきありがとうございました。もう――」

努めて冷静を装いメロの体をそっと押し離そうとすると、メロがさらにリドルを抱きしめる力を強めた。

「メロ様」

「リドル。この距離ならおれの顔見える？」

メロの柔らかい金髪がリドルの額をくすぐる。間近に寄せられた頬《ほお》の体温が伝わるくらいの距離で見つめられて、リドルはぎくりと竦《すく》み上がった。

きらきらとした青い瞳がリドルの目にもはっきりと見える。

陶器のように肌が白いせいで、頬や鼻の頭が少し赤くなっている。形の良い唇はいつも朗らかに笑っていて、ドラゴンの牙《きば》だろうか、両端に尖った歯がちらりと見える。

メロが瞬くと金色の長い睫毛《まつげ》がリドルの肌を掠《かす》めるほど、近く顔を寄せられている。

「え、……あ、ええ、この、距離なら」

「あは、リドルの目におれの顔うつってる」

無邪気に笑ったメロが、リドルの目に映っている自分の顔をよく見ようとして更に顔を近付けてくる。鼻先が擦り寄せられ、顔を傾け、そっと——唇が、触れた。

「っ、！　メロさ……ぅん、ん……っ！」

触れた瞬間、すぐに顔を背けようとしたリドルの頬にメロの手がかかる。

乱暴に頭を押さえられているわけではないけれど、食《は》むように口吻《くちづ》けられたメロの唇の熱さに驚いてリドルが目を瞠《みは》るとメロの瞼は閉じていた。

精悍な、男の顔だった。

子供の顔じゃない。

リドルの頬から顎《あご》先へ掌を滑らせて何度も貪《むさぼ》るように唇を押し付けられ、背筋がじんと痺《しび》れてくるような、妙な感覚に絡め取られていく。

「ん、っ……ぁ、メロ、っ様……待っ、……だっ、……ん、んぅ——……っ」

何度も制止の声を塞がれ、唇を重ねられるたびにどちらともなく合わせた部分が濡《ぬ》れていく。ちゅ、ちゅと吸い立てるような水音が室内に響くと頭がぼうとしてきて、リドルはたまらずにメロの胸についた手を握りしめた。

「リドル、かわいい……」

リドルの声は途中で塞いでしまうくせに、メロはうっとりとした声で囁いて体を擦り寄せてくる。強く抱きしめられてこれ以上は近付けないほどなのに、床に伸ばした足の上にリドルを引きずりあげ、腰を抱き寄せて体を密着させる。

顔の向きを何度も変えながらリドルの唇の端から端まで味わうようにちゅうちゅうと吸い上げると――やがてリドルの腰の下で、メロがもぞもぞと身動《みじろ》いだ。

「……っ！」

ぎくりとして、思わず飛び退《の》きそうになる。

メロに強く抱きしめられていてそれは叶《かな》わないけれど。

「メロ様、お待、っ……！」

喉《のど》を反らし、喘《あえ》ぐように大きく口を開いて張り上げた声が自分でも驚くくらい震えていた。

しかしそれも無言のメロに塞がれて途中でくぐもった呻《うめ》きになる。それどころか大きく口を開いていたせいで、熱い舌がぬるりと滑り込んできた。

「んぁ、……っふ、ん、ん――……っ」

入り込んできた舌はリドルの緊張したそれに絡みつき、糸を引いた唾液《だえき》を絡めるように擦り寄ってくる。

それだけじゃない。

リドルの腰の下で焦《じ》れったそうに突き上げているもの、それはたしかにメロの屹立《きつりつ》した男性自身だ。

交尾をしたい、と言い募るメロの体の変化が如実に下肢を押し上げてくるとリドルだって平静ではいられない。それどころかリドルの口内を弄《いじ》るように舌をねじ込んだメロは息を弾《はず》ませている。

「ふ……っ、んぁ、……っんぅ、ん、ん……っ」

いやいやと首を振ってもメロの掌が添えられて口吻けを拒むこともできず、リドルの背後で膝を立てられると重なった下肢がさらに密着してメロが苦しいくらいに張り詰めていることを嫌でも感じてしまう。

こぼれ落ちそうになる唾液を、音をたてながら啜《すす》り上げてメロは器用に長い舌をリドルの口内で暴れさせている。その舌先が歯列の付け根をくすぐると、リドルの体の芯《しん》もどうしようもなくむずついてくる。

交尾がしたい。

口吻けていてメロの声も聞こえるはずがないのに、添えられた掌から擦り寄せられる下肢から、痛いくらいの強い気持ちが流れ込んでくるようだ。

それが、少しも気味の悪いものだと感じられないことが恐ろしい。

相手が王子だから拒めないというのだったら、どんなにか良いかしれない。

あるいは産まれた時から可愛がっている子供が相手だから傷つけたくないという気持ちとも違う。

くちゅくちゅとますます淫《みだ》らな水音に変化していく口吻けの合間にこもる熱い吐息はメロだけのものではなくて、気付けばリドルも鼻を鳴らすように息を弾ませている。

「んぁ、……っふ、ん、んん――……」

唾液に濡れて、執拗《しつよう》に重ね直される唇は熱くてまるで蕩《とろ》けそうだ。

絡みついてくる舌にリドルがぴくりと震えると、それを喜ぶように腰が突き上げてくる。その硬さも大きさもはっきりとわかるほど押し付けられて、全身が弛緩《しかん》したように脱力していく。

ドラゴンの唾液には催淫《さいいん》作用でもあるのだろうかと頭の片隅で考えたけれど、そんなことユナンに尋ねられるはずもない。

あるいはリドルが今まで知らなかっただけで、口吻けというのはこんなにも心地良いものなのだろうか。

呼吸をするためでも食事をするためでもなく、メロと重ねるためだけにリドルの唇が存在しているような、そんな気さえする。

今口吻けを解かれたら思わずもっとと口走ってしまうかもしれない。そのためにも、まだしばらくこうしていたいとさえ思える。唇を塞がれていれば、これは不可抗力だ。

メロの掌が頬から滑って、拙《つたな》い手つきでリドルの髪を耳にかける。

その指先が耳朶《じだ》に触れるだけで思わずリドルの腰が揺れてしまう。

自分の体がこんなふうになってしまうなんてみっともない、そう思いこそすれ、メロならばこんなリドルでも笑うこともないだろう。あまつさえ可愛いとまで言うかもしれない。それが容易に想像できてしまう。

どちらからともなく腰を揺らすように擦り寄せながら永遠にも感じられるほど長い口吻けを交わして、リドルがたまらずにメロの首へ腕を回そうとした、その時。

「にいさま！」

高い声が室内の熟れた空気を切り裂いて、リドルは目を見開いた。

メロ同様ノックもなしに訪ねてきたのはこの国の末娘――ミク姫だった。

冷や水を浴びせられたように我に返ると、反射的に体が動いた。メロの胸を突き飛ばして膝の上から飛び退き、床に転がった眼鏡を拾いに行くついでに唾液で濡れた唇を拭《ぬぐ》う。

「ミク」

咄嗟のこととはいえメロを突き飛ばしたのは悪かっただろうかと振り返った時には既に、メロも床を立ち上がっていた。

まるで、なにごともなかったかのように。

「にいさま、りどるのところにいたの？」

「どうかした？」

床に座り込んでいた尻を掌で軽く払ったメロは、甘い声を出して小さなミクのところへと歩いていく。リドルを振り返りもしない。

「きょう、おいしいおかしをいただいたの。それでね、にいさまにもあげようとおもって」

メロを探して、文字通り飛んできたのだろう。背中に羽を広げたままのミクは白い頬を上気させてきらきらとした碧色《あおいろ》の目をメロに向けている。

「ミクがもらったお菓子でしょ？」

「うん、だからめろにいさまと、りりにいさまと、おかあさまと、いただきたいとおもって。みんな、もうそろってるのよ？」

淡い空色の髪はまだ細く、風がなくともふわふわとしていてまるで雲のようだ。メロの服の裾《すそ》を摑んだ手も小さく、守ってあげたくなるほど愛らしい姫には誰だって優しくなる。

以前は不吉で気味が悪いと言われていたドラゴンの骨ばった羽もまだ華奢《きゃしゃ》で、母親譲りの白い鱗《うろこ》も透き通っている。鈴を鳴らすような可憐《かれん》な声で話し、些細《ささい》なことでもよく笑い、穢《けが》れを知らない精霊のようだ。

「みんなに分けてあげたらミクのぶんがなくなっちゃうんじゃないの？　おれ、お腹《なか》すいてるしな～」

　メロは冗談めかしてお腹をさする。お腹が空《す》いているのは本当だろうけれど。

　ミクは急におろおろとした様子で視線をさまよわせ、しまいにはうつむいて考え込んだかと思うとやがて意を決したようにメロを仰いだ。

「それなら、みくのぶんもたべていいです！」

　真剣なミクの眼差《まなざ》しに、メロが弾かれたように破顔した。

　妹が可愛くて仕方がない、という顔だ。

　もうメロの頭の中からはリドルのことなど忘れ去られているのだろう。目の前の、心優しい守るべき存在に心を奪われているのが目に見えるようだ。

　まるで、それまでは国政のことしか考えていなかったはずのスハイルがユナンに心奪われていったのと同じように。

「ありがとう、でも大丈夫。ミクは優しいな」

　ミクの前にしゃがみこんで目線を合わせ、柔らかな髪を撫《な》でるメロの大きな掌はもう、リドルの体温など覚えてさえいないに違いない。

　リドルの体には、まだメロの熱が残っているというのに。

厚い窓の外には抜けるような青空が広がっている。

スハイルの執務室からは彼が作らせた庭園が見え、小鳥のさえずりが微かに聞こえてきた。姿は見えなくとも、ユナンがそこにいるのだろう。おそらくは、三人の子供たちと一緒に。

ドラゴンが皆そうなのかは知らないが、ユナンは植物や動物と会話ができるのだそうだ。メロやリリはなんとなくしかわからないと言っていたが、ミクは少なくとも動物とは意思疎通できるようだ。

「……なるほど」

帝国からの書簡を閉じたスハイルが唸《うな》るようにつぶやいた。

庭園の見える窓を背にしたスハイルは、金色の髪をゆるく後ろに撫でつけて貫禄のある王の顔をしている。

「如何《いかが》なさいますか」

「まあ、招いてくれているものを断る理由はない」

帝国からの書簡は姫の誕生を祝うものと、同時に再び会談の場を設けようという申し出が含まれていた。

帝国との絆《きずな》を強固にしておくに越したことはない。

とはいえ、スハイルの結婚、双子王子が産まれてすぐに来訪したばかりだというのに再び呼び出されるというのは、嫌な予感がしないわけじゃない。

トルメリアではユナン王妃がドラゴンだという話で持ちきりだ。

民衆というのは単純なもので、以前は不吉だと思われていたものが今や国を守るドラゴンだと持て囃《はや》されている。それももともと人間の姿でのユナンに人気があったからでもあるが。

しかし、他国の印象は違う。

ドラゴンの王妃だなんて、捉え方によっては強大な武力を持ったも同然ではないか。

姫の誕生祝いというのは口実で、ドラゴンについて釘《くぎ》を刺すために呼ばれたというのが本当のところだろう。

「……困ったな」

スハイルも難しい顔をして唇を指でなぞり、ついと視線を窓へ向けた。

窓の外では長閑《のどか》な家族の団らんが開かれているのだろう。小鳥のさえずりとともに子供たちの笑い声も聞こえてきた。

「ミクを見初められでもしたら、ことだ」

「は？」

思わず上ずった声をあげたリドルに対して、スハイルは深く眉間に皺を寄せている。

「ミクはあの通り、美しい娘だ。先方の王子に見初められでもしたら——」

スハイルが親バカなのは重々知っているつもりでいたが、ついこの間産まれたばかりの娘の輿入れを既に心配しているとは。

リドルは言葉を失って、額にかかる前髪を直した。

たしかに、ミクが見初められないとは言い切れない。

スハイルがユナンを見て心惹《ひ》かれたように、ドラゴンのこの世のものとは思えない美しさに心乱される男は少なくないのかもしれない。

しかし、それならそれで好都合ではないか。

帝国と姻戚《いんせき》関係になれれば絆は強固なものになる。メロやリリ、ミクたちがユナンと同じほどの威力を持っているのかはわからないが、ドラゴンを武力のように思う権力者たちからしてもある意味では「武器」を分け与えるということになる。

問題はこれをきっかけに別の意味でのドラゴン狩りがはじまりはしないかという心配だけだが、それこそドラゴンだってか弱い動物というわけではない。力づくで婚姻を結ぶなんてことは不可能といっていい。

先のユナンの炎のブレスを目の当たりにした時は、つくづく、スハイルが消し炭になってしまっていないことに感謝した。もっとも、湖でそうされていたらリドルも無事では済まなかった。

スハイルがユナンに心を尽くしたからこそ二人は結ばれたのだ。

「……陛下は、何故《なぜ》ユナン様を后に選ばれたのです？　見目美しい娘ならば他にいくらでもいたはずです」

冗談かと疑いたくなるほど真剣に愛娘の将来を案じていたスハイルが、リドルのどこかぼんやりとした声に顔を上げた。

ミクが見初められる前提での進言のように思われたのかもしれない。

まったくそうではないとは言い切れないけれど、正直なところ、自分でも無意識のうちに言葉が口をついてきてリドル自身も驚いていた。

「そうだな。幾人もの美しい姫に会ってきた。可憐な人も、凛《りん》とした女性も、俺がいつまでも后をとらないからと様々なタイプの女性を紹介された。その誰もが素晴らしい人だったし、俺にはもったいないくらいの姫ばかりだった」

一時は毎日のように各国の姫から国内の貴族、美しいと噂されれば平民だって目通しをさせられていたことを思い出したのか、スハイルが首を竦めて苦笑した。

あの頃の宰相たちはまるでスハイルを結婚させることだけが生きがいなのかと言いたくなるほど必死だった。

それをそばで見ていたリドルとしては食事も喉を通らなくなった時期があったけれど、当然そんなことはスハイルは知らない。

陛下は一生独り身なのではないかと、宰相のみならず国民までもが諦《あきら》めかけていた時に西の森でのドラゴンが目撃された。

まさかそれが、后になる相手だったなんて誰が思っただろう。

ドラゴンが人の形をとり、スハイルと心を通わせるようになるだなんてわかっていたら——それでもリドルは、なにもできなかっただろうけれど。

「ユナンの純粋さも、心優しさも、他の姫が劣っていたということはない。ただ、可憐な彼を強引に捕らえてしまったことへの罪悪感もあったのかもしれない。あるいは清らかな彼と友人になりたかったのかもしれない。それでも、気付いたらユナンのことで心がいっぱいになっていたんだ」

なにかを思い出すように視線を伏せたスハイルが、柔らかな笑みを浮かべる。

それは、決してリドルに向けられたことのない表情だ。

物心ついてからずっと、スハイルのそばに仕えてきた。気心の知れた友人のように接したことも、他の側近には言えない内緒を共有したこともある。

スハイルのことでリドルが知らないことなんてなにもないような気がしていた。

だけど、こんな少年のようなはにかんだ表情を向けられたことはない。ただの一度も。

「ユナンを幸せにしたい、俺の生涯にユナンを欠かすことは耐えられない。彼の笑顔を見つめるためにはなんだってする、そんな気持ちになってしまったんだ。理由など、今でもわからない」

そう言って照れくさそうに笑ったスハイルが、顔を上げる。

その榛色《はしばみ》の双眸に映り込んだ自分の顔を見て、リドルは曖昧《あいまい》に笑みを浮かべた。

スハイルは賢しい王だけれど、今までに一度だってリドルの表情を見抜いたことはない。

「月並みなことを言えば、ユナンが俺の運命の相手だったということだな」

スハイルはメロによく似た屈託のない表情で笑って、それきりミクのことも本人の意志に任せればいいかと納得したようだ。

陛下の心が決まれば、リドルが告げることはなにもない。日取りを決めて、帝国へ伺いの返事を作らなければならない。リドルには職務がある。スハイルの片腕となり、国を支える。それがリドルの務めだ。

「いつもありがとう、リドル」

一礼して執務室を去ろうとしたリドルにスハイルがかけた言葉は、心からのものだ。他の従者よりも特別な親愛の気持ちもこもっている。だけど、それだけだ。

リドルにとっては、スハイルこそが運命の相手だった。

＊　＊　＊

「リドル～！」

部屋に近付いてくる足音は聞こえていた。

軽やかで賑やかで、無遠慮な足音が誰のものなのかも、その声が発せられる前にわかっていた。

今日はノックするべき扉は開け放たれたままで、宰相と陛下の帝国出立の日取りを協議していたところだ。

「あ、ごめんなさい」

白髪頭の宰相がいると知ると部屋に飛び込んできた相手――メロは慌てて立ち止まって、背筋を伸ばす。

宰相もまた、メロの姿を見ると恐縮しているのか怯《おび》えているのか、椅子を転げ落ちそうなくらい体を震わせた。

宰相は未《いま》だにドラゴンの血を快くは思っていないようだし、そう思われていることを知っていてメ

ロも宰相には懐かない。リドルは緊張が走った部屋の空気に安堵《あんど》のような気持ちを覚えて、握ってい
たペンを伏せた。

「王子、申し訳ありません。今は職務中ですので」

「構わんよ。私はこれで失礼しよう。じゃあリドル卿、日取りはそのように」

宰相がまるで逃げるように椅子を立ち上がる。

メロがぱっと表情を明るくしたのが、そちらを見なくてもわかった。太陽を隠す雲が晴れたら誰に
だってそれがわかるように。

「いえ、しかしまだ返礼品の件が」

「それは卿にお任せしよう。二度目なのだから勝手もわかるだろう」

とにかく宰相は、今すぐこの場を離れたがっているようだ。言うや言わないかのうちにメロに深く
頭を下げると足早にリドルの部屋を出ていく。

やがていつかはメロかリリのどちらかが国王になるというのにあの体たらくでどうするのかと心配
になるが、高齢の宰相はスハイルよりも先に亡くなるだろうからあれで構わないのだろうか。

「仕事の邪魔してごめんね、リドル。すぐに渡したいものがあって――」

「先程のようなことがあるからノックが必要だといつも申し上げているのですよ、メロ様」

リドルが顔も上げずペンを持ち直し、今しがた協議して目星をつけたばかりの日程を記していると

メロは了承も得ずに部屋に入り込んでくる。

この城は王家のものだから、王子である彼は自由に出入りできるのだけれど。

「うん、ごめん。今度から気をつける。……それでね、さっき庭園で母上とミクと、花を」

「申し訳ありません、今は職務中ですので」

二度も途中で言葉を遮ると、さすがにメロも鼻白んだようにこちらに歩み寄る足を止めて、一瞬押し黙った。

帝国へ向かう日取りを決めた後は、誕生祝いの返礼品を決めなければならない。先の王子が産まれた時はトルメリアの織物を贈ったがゴブリン被害の影響で織物に使う動物の毛も少なくなっている。ただでさえ希少になっているものを帝国に献上するためだと取り立てるのはあまり得策ではないだろう。

トルメリアでは多少なりとも鉱石が採れるけれど、それを細工するには時間がかかりすぎる。ありもので済ませるわけにもいかないし。

「リドル、なんか怒ってる？」

目録をめくってメロを一瞥《いちべつ》もしないでいるリドルに、不安そうな声があがった。

「まさか。私はこの国に仕える身です。陛下の世継ぎである王子に怒るだなんて、そんな恐れ多いこと」

「じゃあこっち見て」

抑えられた、メロの低い声。

ため息を吐きたいのをぐっと堪えてリドルが視線を上げると、拗《す》ねたような表情でぎゅっと口を噤んだメロが小さな花束を持って立っていた。

紫色を基調とした、落ち着いた色の花束だ。

この花束の香りだろう。さっきから、微かに甘い香りがリドルの室内に漂っている。

「これ、リドルにあげようと思って摘んできたんだ。おれは花と話せないから母上に頼んで、それから色はミクにも相談して」

さっき庭園から聞こえた楽しい笑い声は、その時のものだったのだろう。

ユナンやメロ、ミクが顔を突き合わせて花に囲まれているのはそれは美しい光景だっただろう。ユナンもミクも、リドルのことを思い浮かべて優しい気持ちで選んでくれたに違いない。

彼らの気持ちに接していれば、自然と温かで優しい気持ちになれるというのはリドルにも理解できる。身をもって知ってもいる。

だけど、今はそんなことさえ煩わしいと感じてしまった。

「ありがとうございます。しかし私は部屋に花を飾る習慣がありません。お気持ちは嬉しいのですが、そのような美しい花は姫にでも差し上げたらどうです？」

「姫？　ミクにってこと？」

「いいえ、どこか別の姫にです」

自分で口にしながら、内臓がねじれるような気持ちになった。

スハイルにお似合いの姫を見繕ってこいと宰相たちに命じられ、奔走していた時と同じような。

「別の姫ってなに？　これは、リドルのために摘んできたんだけど」

さすがにむっとしたように眉根を寄せたメロの顔から視線を外して、書類にペンを走らせる。

花を愛《め》でる習慣がないというのは嘘《うそ》だけれど、いつか枯れてしまう花を、今は飾りたい気分にはなれない。

「リドル、やっぱり怒ってるでしょ。おれなんかした？」

「王子の身に覚えがないのに、何故私が怒っているなどとお思いなのですか？」

おかしなことを仰ると一笑に付して目録をめくると、花を持ったままメロが大股《おおまた》で歩み寄ってくる。

相手が王子でなければ思わず払い除《の》けたくなってしまうくらいに、甘い香りだ。

「だって、全然こっち見てくれないから」

「先程も申し上げました通り、今は職務中なのです」

「じゃあ、いつならおれと話せる？」

机に手をついて身を乗り出したメロが、まっすぐリドルを見下ろしている視線を感じる。

とてもそれを仰ぐ気にはなれない。

メロは太陽のような子だ。軽い気持ちで見つめてはならない。目は眩《くら》み、自分の影が濃くなるだけだ。

「今日は手が離せそうにありません」

「じゃあ明日？」

「陛下が帝国に行かれるのです。それまでは忙しくなります」

「それっていつ？」

メロは真面目《まじめ》に尋ねているのだろう。

だけど、まるで子供じみている。相手を思いやる気持ちも、顔を合わせもしないリドルの心中を察することもできない。実際子供なのだから仕方がないけれど。

「さあ、まだ日取りは決まっていないので」

「なにそれ」

吐き捨てるように言ったメロが机を回り込んで、椅子に掛けたリドルの足元にしゃがみ込む。つい先日と同じように。

そうすれば視線を伏せたリドルの視界に入れると思ったのかもしれない。

子供の考えつくことなんて所詮《しょせん》その程度だ。深い意味なんてない。

「おれ、そんなにリドルと話せなかったら死んじゃうよ」

しゃがみこんで項垂れたメロが顔の前で花束を両手で握っている。打ち捨てられでもした小さな動物のような情けない声をあげられると、リドルは思わず噴き出してしまった。

メロがぱっと顔を上げる。

リドルがメロの可愛さに愉快な気持ちで笑ったとでも思ったのだろうか。まったく逆だ。

「私と話せないと王子は死んでしまうのですか？　そんなことはありません。縁起でもないことを仰らないでください」

「ホントだって。おれ、リドルと話さなかった日なんてなかったじゃん。毎日一緒に――」

「それはべつに、私でなくても構わないでしょう？」

冷ややかな笑みを浮かべたリドルが吐き捨てると、メロが一瞬言葉に詰まった。

メロは王子らしくないと笑われるほど人懐こくて、誰とでも仲良くなれる。騎士団の全員に愛され、町を警らに出かければ臣民からさえ声をかけられる。

スハイルが自分の跡継ぎをメロにするのかリリにするのかは知らない。しかし、もしメロが選ばれればスハイル以上に愛される国王になるだろう。

「メロ様は両陛下によく似て大変美しい方です。その上、私のような者に花を摘んできてくださるような優しい心もお持ちです。あなたに声をかけられて喜ばない姫はいないでしょう。私の部屋などにそう毎日訪ねてこないで、どこか愛らしい姫のところへでも行かれたらどうですか？　町で見かけた美しい娘でもいいでしょう」

甘い花の香が足元から這《は》い上がってくる。

スハイルが作った庭園で、ユナンが毎日話しかけてきれいに咲かせ、それをメロが摘んできた花だ。庭園をメロに連れられて散歩したこともある。両親を自慢に思っているメロは彼らが育てた庭園を誇りに思っていて、それをリドルにも案内してあげるといって嬉しそうにしていた。

メロは花と話せないと言っていたけれど、メロが歩くと花びらがみんなそちらを振り向くようで、植物に気持ちがあるなんて知らずにいたリドルでさえ太陽の王子は花に愛されているのだと感じた。

今はその花の香りが、吐き気を催すようだ。

リドルはそれを飲み込むようにして、笑みを貼《は》りつかせたままの口を開いた。

「メロ様も両陛下のように睦《むつ》みあう相手を――」

「おれが好きなのはリドルだよ」

静かな声。

怒っているわけでも、拗ねているわけでも、意地になっているわけでもない。当然のことを確認するような訝《いぶか》しむ声でもなく、真摯でまっすぐな声でメロが言った。

「リドル」

それでも視線が向けられないことに業を煮やしたように、メロがリドルの足にそっと手を伸ばした。

「っ、！」

思わずその手を振り払う。

短い音がして、驚いて尻餅《しりもち》をついたメロが目を瞠ってリドルを仰ぐ。そのあどけない顔をリドルは見下ろした。

「メロ様はまだ幼いから勘違いしておられるのでしょう。小さな頃から私がおそばについていたから錯覚しているだけです」

「えっ、違うよ」

メロが転んだ拍子に花束が解けて散らばってしまったようだ。花をかぶったような格好で床に座り込んだまま、メロはそれを気にも留めずに慌ててリドルの服を摑んだ。

そうしていなければ、リドルがどこかに行ってしまうとでも思っているかのように。

「スカーだってずっと一緒にいるけど、今なんて昼間はスカーとずっと一緒だしリドルといる時間より長いかもしれないけど」

メロが必死に言い募るほど、リドルの胸はざわつきを増していく。

もうどうでもいいから一人にしてくれと喚《わめ》いてしまえたらどんなにか楽だろう。

スカーと一緒に剣を振るっている時のメロはたしかに楽しそうだ。そんなに楽しいのに、どうしてそれを遠くで見ているリドルを見つけるとさっさと剣を放《ほう》ってこっちに駆けてきてしまうのかと不思議なくらい。

そんなに剣技が好きならばずっとスカーと一緒にいればいいし、そんなにミクが可愛いと思うならばずっと妹のそばにいればいい。

——どうせメロだって、いつかは誰かのものになってしまうのに。

「……でもおれは、リドルが一番好きなんだよ」

リドルの服を摑んだメロの手が、ぎゅっと強くなる。

耳を塞いでしまいたいくらい苛立《いらだ》っていたリドルに縋《すが》るようなメロの声は消え入りそうで、まるで太陽が翳《かげ》るようだ。

「おれだってよくわかんないんだ。騎士団のみんなは好きだし、町にも優しくしてくれる人はたくさんいるよ。父上も母上も、リリもミクもみんな好きだけど、リドルだけ違うんだ」

大切に摘んできたのだろう花を膝の上から払って、メロがゆっくりと立ち上がる。

視線はリドルから逸《そ》らさず、子供とは思えない凛々《りり》しい表情をしていた。いつの間にこんなに大人になったのだろう。

気付けば、リドルは目を逸らすことができなくなって立ち上がったメロを見上げた。

「他のどんな人と話してても、リドルにも聞かせてあげたいなとか、リドルならどう思うかなとか考えるし、きれいなものをたくさんリドルにあげたいって思うし。それでリドルが嬉しくなってくれたり、笑ってくれるかなって思うとすごく幸せな気持ちになるんだ」

床に散らばってしまった花も、一輪一輪リドルの顔を思い浮かべながら摘んできてくれたのだろうか。

ユナンやミクと話しながら摘んだのだとしても、これはリドルのための花だ。

リドルは急に騒然とした気持ちになって、うろたえるように視線を揺らした。それを拒むようにメロがリドルの手を取る。

「おれはリドルのことを幸せにしたいって思う。他の誰だって幸せになってほしいけど、リドルのことは、おれが幸せにしたい。他の人じゃなくて、おれが」

思わず呼吸をするのも忘れて、メロの精悍な顔を見つめる。

さっきまでねじ切れそうだった胸が激しく打ちはじめて、どうしたら良いかわからなくなって顔を伏せたいのにメロから目を離せない。

「それに、おれがさわりたいって思うのはリドルだけなんだ。他の大人が口吻けしてるのを見てもなにが楽しいのかよくわからなかったけど、リドルを見てると口吻けたくなってくる。口も、他のところも、たくさん口吻けておれのものにしちゃいたい。もしそれでリドルが幸せだって思ってくれたらいいのになって、毎日考えてるよ。……それでも勘違いだって思う？」

摑んだリドルの手にするりと指を絡めたメロが、最後に少しだけ自信がなさそうな窺う目を向けながらその手を口元へ持ち上げる。

指先がメロの唇に触れる前にリドルは慌てて視線を伏せて、必死に言葉を探した。

「し、……っしかし、メロ様は私よりミク様のほうが」

早鐘を打つ胸が苦しくて、声が震えてしまわないように気をつけるあまり突拍子もないことを口走ってしまって、リドルは慌てて口を噤んだ。

「ミク？」

驚いたメロが声をあげると、リドルの指先に吐息がかかる。

それだけでリドルは肩をぴくりと震わせて、摑まれた手を引き寄せようとした。メロがそれを許しはしなかったけれど。

「――ねえ、リドル。もしかして」

手を離さないどころか、ぐっと引き寄せたメロがリドルの掛けていた椅子の肘《ひじ》掛けに手をついて身を寄せてくる。

メロの影が視界を覆うと、思わずリドルは息をしゃくりあげた。

「もしかして、ミクにやきもち焼いてるの？」

「そ、――そんなわけがありません！　ミク様は、愛らしい妹君ですから、メロ様は立派な兄上とし

て面倒《めんどう》を見るのは当然のことです」

動揺のあまり上ずった声をあげながら、近付いてきたメロの胸に手をつくとリドルの背けた顔にメロの視線が突き刺さる。

驚くほど熱っぽい、すべてを暴くような目だ。

「この間、おれがリドルのこと置いてミクのところに行っちゃったから怒ってる？　だって、ミクにあんな可愛いリドルの顔見せたくないなって思って……」

「だから、怒ってません！　べつに、私はメロ様がどこで誰と楽しくされていようと」

「どこで誰と一緒にいてもおれはリドルのこと考えてるよ」

「……！」

どんな花よりも甘い声でそんなことを言われてしまったら、リドルの中にくすぶっていた苛立ちなんて瓦解せざるを得ない。

太陽のように熱いメロの体温が近付いてきて、思わずぎゅっと目を瞑《つむ》ると背けていた頬に短く吸い付かれて強張《こわば》っていた肩から力が抜けていってしまう。

メロを押しやるために胸へついていた手も意味をなさなくなって、握られた手へ指を絡める。

「おれはリドルのことが大好きだから、……リドルに好きな人がいることも知ってる」

「！」

ぎくりとしたリドルが目を見開くと、メロは困ったように笑って額を擦り寄せてきた。

「でも、おれがリドルのことを好きなのは変わらないし。ちょっとずつでも、いつかおれがリドルの中をいっぱいにするから」

ひやりとしたリドルを慰めるように温めるように、メロが絡めた指をゆるく握って揺らしてくる。

スハイルがユナンを見つめている横顔をリドルが見つめていたように、メロもリドルの横顔を見つめていたのかもしれない。

そう思うと、また胸は締め付けられるけれど。

「——それにほら、やきもちを焼くくらいはリドルもおれのこと好きでしょ？」

「！」

驚いてメロを振り向いたものの、だからといって返す言葉もない。

たしかに、いつもリドルを好きと言って憚らないメロがミクを選んだのだと思うと苛立って心が塞いで、メロのことばかり考えていた。

相手は王子だ。

好きだなどとは、とても口には出せないけれど。

「おれの頭の中はいつでもリドルのことでいっぱいだから。おれが好きなのはリドルだけだよ。好きだよ。大好き」

握った手を引き寄せてようやく指先へ口吻けたかと思うと、メロはリドルの頬に、額に鼻先へと唇を移してそのたびに何度も繰り返し囁く。

「……っもう、わかりましたから……そんなに、何度も言わなくても」

震える声でリドルが言っても、メロは蕩けるような顔ではにかむように笑うばかりで口吻けも、囁きも止めてはくれない。

「だって、リドルのことが好きなんだもん。好き好き。大好き。リドルかわいい。ねえ、メガネとっていい？」

「っ、駄目です！」

血がのぼって熱くなったリドルの頬にメロが口吻ける。その手が眼鏡に伸びてくるのを拒んだものの、だけどそれもどれくらい防ぎきれるかわかったものじゃない。

どうしたってリドルはメロに弱いし、口吻けられるたびに体の力が抜けていくようだ。

メロはリドルの中を自分でいっぱいにするなどと言っているけれど、そんなことになったら自分がどうなるのかわからなくて怖い気もする。

この可愛らしい暴君から愛を教えられたら、他に何も手につかなくなりそうで。

王子の夢、騎士団長の独占

「りりにいさま！」

高く丸みのある声を弾《はず》ませたミクが、何かを握りしめてこちらに飛んでくる。

まだ薄くて小さな白い羽は必死にパタつかせても進みは遅々としたものだ。足で駆けたほうが早いのではないかと思うけれど、ミクのまだ小さくて細い足は、逸《はや》る気持ちと体が噛《か》み合わなくて、かけておいでと言うと十中八九転んでしまう。

それならば飛んでいたほうが良い、と言ったのは他でもない父上だった。

父上が当然のことだとでもいうようにそう言った時、隣りにいた母上は少し驚いていたようだった。

リリはよく覚えていないけれどリリとメロが小さい時は羽や尻尾《しっぽ》を出したらいけないと躾《しつ》けられていたのだそうで、父上の心境の変化に母上は苦笑していた。

ミクが産まれた時、この国の后《きさき》はドラゴンであり、その王子たちも半分ドラゴンの血を引いている——ということが国民に露呈してしまったから、もう隠す必要はないんだと父上は言っていたけれど。

実際のところは、一人娘であるミクの肌に傷を残したくないと思う親心なんじゃないかと、リリは思っている。

「りりにいさま、これは？　このお花はなんていうの？」

透き通るような白い肌を上気させてリリのそばまで飛んできたミクは、土で汚れた丸い手を突き出してリリにキラキラした目を向けた。

このところ、ミクは花に夢中だ。

母上がミクをよく庭園に連れて行くせいかもしれない。あるいはミクはリリやメロよりもドラゴンの血が濃いのか、動物とはヒトと話すように意思疎通できるようだから花のことも少しはわかるのだろう。

リリは花のことを書物に書かれていることしか知らないけれど、ミクは花の優しさを知っている。そう感じる時がある。

「ミク、お花は咲いていないみたいだよ？」

ミクがふくふくとした手で握りしめてきた草には、花はおろか蕾《つぼみ》さえもついていない。もっとも、蕾がついていたらミクはこんなふうに摘んでこなかっただろうけれど。

リリの目前に差し出されたものはどう見ても、花壇の隅に生えている雑草にしか見えない。

「お花はさいていないけど、この子とってもきれいよ！」

ミクが空色の髪をふわりと風になびかせて微笑《ほほえ》む。リリは思わず目を瞬《まばた》かせてから、改めてミクの手の中を見た。

雫《しずく》型のみずみずしい葉をいくつもぶら下げたようなその姿はたしかに可愛《かわい》らしくて、太陽の光を浴びて青々としているところも目を惹《ひ》き寄せられる。生命力に満ちていて、ミクが手を揺らしてみせると垂れ下がった葉が楽しげに踊っているようでもある。

雑草とはいえ花を咲かせることもあるだろうし、名前はある。

リリは自分の持っている書物に名前が載っていないからといってその草の表情に目を向けていなかったことに気付いて、ハッとした。

「……うん。可愛らしいね。うーん、お名前はなんていうんだろう」

「りりにいさま、おなまえわからない？」

「ごめんね」

しゃがみこんで、ミクと同じ高さに目線を合わせたリリが首を竦《すく》めると天使よりも愛らしい妹姫はかえって嬉《うれ》しそうにぱあっと目を輝かせた。

「じゃあ、みくがおなまえつけてあげる！」

可愛らしい草を握ったままミクがくるりとその場でドレスの裾《すそ》を翻すと、まるでミクに見つめられた葉もそれを喜んでいるように揺れた。

ミクは花とも話せるようになるかもしれない。少なくともミクの言葉は花に伝わっているようだ。

母上が近いうちにまた家族で西の森に行ってみようと言っていたけれど、ミクが西の森の動物たちや草花と戯れる姿を見るのが今から楽しみだ。

「うーん、どんなおなまえがいいかな……うんとかわいらしい、すてきなおなまえがいいわ！　にいさまもいっしょにかんがえてください！」

尻尾の先を左右にせわしなく揺らしながら珍しく難しい顔をしたミクに促されて、リリも口元に手をあてがって考える。

リリが名付けるとしたら、その草の姿が何に似ているとかそういうことで決めてしまう。でもきっと、ミクはこの草の気持ちに寄り添って考えるだろう。

ドラゴンは多くのヒトから「ドラゴン」という名前で呼ばれるけれど、母上もリリもメロもミクも、それぞれ自分の名前があるように。

ミクが求めているのはきっと、今ミクの手の中にいる個の名前だ。

草の種類とか、そういうことじゃない。

「うーん……名前……名前かぁ……」

ミクの手の中でそよそよと心地良さそうに揺れている草をいくら見つめても、リリにはその声は聞こえてきそうにない。

母上に聞いたら、彼――あるいは彼女の名前を尋ねることもできるのだろうか。あるいは名付けられた草の喜びの声を聞くこともできただろう。

ドラゴンの血が半分しか通っていないリリには植物の声を聞いてあげることはできないけれど、一生懸命考えてあげることならできる。

「あたたかくて優しい名前がいいね」

「はい！」

ミクもすっかり笑顔で、リリの結論を待っている。

そんなに期待に満ちた眼差《まなざ》しを向けられても、首をひねるばかりだけれど。

「……あ」

リリがうずくまるように頭を抱えていると、ふとミクが声をあげた。

なにか名案でも――あるいは草の声が聞こえたのかと顔をもたげた時。

「すかー！」

草を持ったままの手を振り上げたミクがドレスの裾を揺らして跳ねる。

反射的にリリも振り返った。

訓練を終えたばかりなのだろう、簡素な訓練着のままでこちらに向かってくるスカーの姿があった。

「これはこれはリリ王子と姫がお揃《そろ》いで。難しい顔をしてどうかしましたか？」

少しおどけた様子のスカーが恭しく礼をして見せると、ミクもおませな様子でドレスの裾を持ち上げた。リリも慌てて立ち上がって、スカーに向き直る。

「いまね、にいさまにお花のなまえをかんがえてもらっていたの」

「へえ、お花の？」

スカーを前にして緊張したリリを一瞥《いちべつ》したスカーが今度は膝《ひざ》をついて、ミクの差し出した草を眺める。

スカーが訓練後にこの中庭まで来てくれることは珍しくない。

最初はリリがのんびりとお茶を飲んだり読書をしていただけだけれど、いつの間にか訓練後のスカーが訪ねてきてくれるのが日課になっていた。

元はといえばリリの休憩時間だったのだから従者はつけていないし、スカーも他の騎士を連れてくるわけでもない。

ここで過ごす二人だけの時間は、リリにとって大切な時だった。

今日はたまたま庭園から草を摘んでやってきたミクがいるけれど、年端もいかない妹を一人前の姫として敬うスカーの騎士姿を見るのはリリも大好きだから、思わず頬《ほお》が弛緩《しかん》してしまいそうになる。

さっきまで真剣に草の名前を考えていたはずなのに、スカーが姿を見せた瞬間頭の中はもうすっかりスカーでいっぱいだ。

「ねえ、すかーもいっしょにかんがえてくださる？」

「そりゃもう、姫のご命令とあらば喜んで」

ミクの舌足らずな口ぶりに大仰に頭を下げるスカーの姿にリリが目を細めていると、ちらりと赤い瞳《ひとみ》がこちらを向いたような気がした。

どきりと心臓が跳ねて、リリは慌てて目を逸《そ》らす。一瞬目があってしまったから、もう遅いかもしれない。リリの顔もスカーの髪の色と同じように赤くなっていることだろう。

「その植物を私めによく拝見させてください。……どれどれ、ふむ……これは可愛らしい葉っぱをつけていらっしゃる」

スカーがいつもこんなもったいぶった話し方をしないことはミクだって知っている。どこか宰相の物真似《まね》をしているようにも聞こえてリリは赤くなった顔を伏せて笑い声を堪《こら》えた。ミクは声をあげてキャッキャッと笑っている。

「うーん……そうだなあ、俺ならフェデリ……いや、〝フェデ・リリー〟って名付けるかな」

きらきらとした碧色《あおいろ》の目を丸くしてミクが聞き返す。

「ふぇで、りりー？」

「どういう意味ですか？」

リリが尋ねると、スカーはとぼけるような仕草《しぐさ》で首を竦めてみせるだけだ。

本の虫だと揶揄《やゆ》されるリリならわかるだろうとでも言いたげな様子に、リリは首をひねった。

語感は愛らしく、スカーにそうと言われたらなんだかそんな草の名前があってもおかしくないような気さえする。心なしか、ミクの手の中の葉も名前をもらってますます青さを増したようだ。

「ふぇでり……ふぇで、りりー……」

大事に握りしめた草を見つめながらミクが口の中でその名前を転がす。

フェデリ、という言葉ならどこかで聞き覚えがある気がする。あれはメロに付き合って——という口実で——騎士の訓練を見学していた時だったか。もしかしたら騎士の間の合図のような言葉なのかもしれない。

「ねえ、にいさま。ふぇで・りりーってにいさまのおなまえがはいってる！」

「！　そうだね」

リリーと言われて咄嗟《とっさ》に花の名前しか思い浮かばなかったけれど、たしかに言われてみれば自分の名前でもある。スカーにそんなつもりはきっとないのだろうけれど。思わずまた頬が熱くなってしまいそうで、リリは掌《てのひら》で押さえた。

「わたし、このおなまえがすっごく気にいっちゃった！」

「それは光栄です」

スカーが胸に手をあてて、恭しく頭を下げる。

それがわざとしている冗談なのだとしても、騎士団長であるスカーがやると息を呑《の》むほど様になってしまうのだから困る。

毎日鍛えている体は筋肉質で、頭《こうべ》を垂れるとその背中の逞《たくま》しさが強調されるようだ。首は太く、ただ胸に手をあてるだけでも腕の筋肉が隆起している様子が薄手の服の上から感じられて、羨《うらや》ましくも見惚《と》れてしまう。

「かあさまにも、この子のおなまえおしえてくるわ！　ありがとう、すかー、りりにいさま！」

ドレスの裾を翻して、ミクが駆け出す。

乳母に特別に作ってもらったらしいドレスは羽が自由に広げられるように背中に穴が開いている。そこから覗《のぞ》いた小さな羽は広がったままだけれど、おざなりにパタつかせるだけであんまり役には立ってなさそうだ。気が逸ると飛ぶこともうまくできないのかもしれない。

まだ手足の小さいミクが夢中で駆け出すとすぐに転んでしまいそうで、父上ではないけれどリリもハラハラしてしまう。

「ミク、気をつけて」

小さな背中に声をかけると、はぁい、というのんきな声が返ってきた。

ミクの羽は母上譲りで真っ白く、パタパタと羽ばたいているとそれこそ花びらのようだ。無邪気なミクに握りしめられた葉――〝フェデ・リリー〟も嬉しそうに風に揺れているんだろう。

「……ふふ」

なんだか心がぽっと温かくなって、リリは知らず笑みをこぼしていた。

と、いつの間にか跪《ひざまず》いていたスカーが立ち上がってリリの隣に並び立った。ミクの背中を一緒に見守ると、ますます気持ちが穏やかになっていく。

幸福感でいっぱいで、世界はキラキラとして見えるし空も風も優しく感じる。こんな時間がいつまでも続けばいいのにと願ってしまうくらい。

「すっかり良いお兄ちゃんだな」

ミクの背中が遠くなると、不意にスカーの紅玉のような目がリリをいたずらっぽく覗き込んできた。

「！」

ぎょっとして竦み上がると、伸び上がった背を押さえ込むように頭に手を伏せられてそのまま髪をぐしゃぐしゃと掻《か》き混ぜられる。

「わ……っ！　ス、スカー！　やめてください！　僕だってもう、大人なんですから」

思わず前のめりになってしまうくらい勢いよく撫《な》でられると、恥ずかしさもあってリリはぷるぷると頭を振って抵抗した。スカーの快活な笑い声が頭上で聞こえる。温かな気持ちは熱いくらいの温度になってリリの頬を赤くさせた。

「はは、そうだよな。リリはもう立派な大人だ。もう少しゆっくり成長してくれてもいいのにな？」

ぐしゃぐしゃと撫でた頭を最後にぽんと叩《たた》くようにして、スカーの大きな手が遠ざかっていく。

止《や》めてくださいと言ったのは自分なのに、離れていってしまうとなんだか寂しい。

耳までかかる長い髪を手ぐしで直しながらスカーの顔を仰ぎ見ると、また目が合った。

「ん？」

「……スカーは、まだまだ僕が子供のほうがいいですか？」

頭二つ分ほど高い場所にある顔を窺《うかが》い見ながらおそるおそる尋ねると、スカーは一瞬目を丸くして、それから大きな拳《こぶし》で顎《あご》を撫でるようにして真剣に考えはじめた。

スカーの好きなところはたくさんあるけれど、こうしてリリの他愛《たわい》のない言葉にも真摯《しんし》に対応してくれるところが本当に好きだ。

ドラゴンの血が入ったリリの成長が早いとはいえ、産まれた時から知っているスカーからしたらまだ子供に見えているはずなのに。それこそ、ミクに対しても冗談めかしているとはいえレディとして相手してみせるところが騎士らしいとも思う。

「うーん、子供の頃のリリは、そりゃあかわいかったしな……とはいえ、今もかわいいからなぁ……」

「っ！　か、かわいいって」

難しい顔をして腕を組んだスカーが真剣な声音で言うと、思わず声が裏返ってしまった。

赤ん坊や子供に対して可愛いと言うのは普通のことかもしれないけれど、リリはそんな年頃じゃない。ヒトの年齢で言えばまだ十分すぎるくらい子供でも体や顔つきはもう大きくなっているのに。

いつかスカーと並び立てる立派な男子になることを目指しているリリとしては、可愛いと言われても困るはずなのだけれど——また頬が熱くなってきてしまった。

「かわいさで言えば、子供でいても大人になっても変わらないな。リリが子供でいたほうが良かったことってなにかあったかな……」

「か、かわいいかわいい言わないでください！　スカー、聞いてます？」

リリの声に耳を傾ける様子もなく眉間《みけん》に皺《しわ》を寄せたスカーが頭を抱えるようにして悩みはじめると、たまらずにその腕を摑《つか》んで揺さぶる。リリに摑まれて大きく上体を揺らしたスカーはやがて声をあげて笑って、今度は大きく肯《うなず》いた。

「うん、リリが子供でいたほうがいい理由は特にないな！　安心して大人になっていいぞ〜」

「わぁっ」

わしわしと両手で頭を撫でられて、さっき整えたばかりの髪がまた搔き乱されていく。

それどころかスカーの逞しい腕に抱え込まれるように引き寄せられて、リリはにわかに緊張した。

顔は熱いし、胸がドキドキと高鳴って、全身が汗ばんでくる。

「お、大人になっていいって、つまりまだ子供だって言ってるってことじゃない、です、か……っ」

照れ隠しに恨みがましく言い返そうにも、乱暴に撫でられて頭が揺れてしまう。体勢を崩してしまいそうになって目の前のスカーの胸にしがみつくと、大きな笑い声がしたと同時にぎゅっと背中を抱きしめられた。

「！」

頭を撫でる手が止まったのは良いけれど。

それにしたって、近すぎる。

リリの顔はスカーの胸に埋《うず》まってしまって、そこへしがみついていた手も含めてしっかりと両腕を拘束されてしまった。乱れた髪の上にスカーの息遣いを感じるような気もするし、リリの心臓はいよいよもってぴょんと大きく跳ね上がったきり停止してしまった。そんな気がした。

「はは、でもミク姫が産まれた時はリリとメロがひどく頑張ってくれたって聞いてるぜ？」

「あ、……えー、と……あの、はい。……あの時は、必死、で」

とりあえずスカーの胸をそっと押し返して、呼吸ができる程度には体の距離を開ける。

額の角があたって痛いかもしれないと言い訳を用意していたのだけれど、スカーは何も聞かずにただリリの額を撫でた。

あの時は、とにかく母上を父上のところへ向かわせなければ、という気持ちでいっぱいだった。

ドラゴンが卵を産むところを見るのが初めてでその苦しそうな姿にも驚いたけれど、それ以上に母上の気持ちはまっすぐ戦地の父上に向かっていて。

愛する人を守りたいと思う気持ちと、愛する人との卵を産みたいという気持ち。生と死が交錯した母上の決死の姿を見て、リリもメロもどちらからともなく自分たちが卵を温めて待っているからと口にしていた。

メロが迷うことなくそう言ったのは正直意外だった。

騎士の訓練に休みなく参加しているメロのことだから、自分が助けに出ると言い出すような気がしていたけれど。

そうじゃない、母上を行かせるべきだと思ったんだろう。メロだって剣を振りたかったはずだ。帰ってきてからの騎士たちにどんな様子だったのか真剣な顔で聞き回っていたのだから。

でも母上を行かせることで、そして兄となる自分たちで卵を温めることで、家族の絆《きずな》は一層強くなった気がする。

「お前たちだって心細かっただろうに、えらかったな」

リリの髪を撫で梳《す》かすスカーの甘く低い声に褒められると、今度は力が抜けていくような変な感じがする。

自分で距離を開けたスカーの胸に額を預けてゆっくり首を振ると、リリはスカーの訓練着を握り直した。

「ううん。スカーたちが頑張ってくれているとわかっていたから、僕たちも頑張れました」

「そうか」

スカーに頭を撫でられていると、温かくて心地良くて眠たくなってくる。

そんなことを言えばまた子供扱いされてしまうかもしれないけれど、リリだってべつに誰に撫でられたってそうなるわけじゃない。父上に撫でられても嬉しいけれど、こんな気持ちになるわけじゃない。

リリにとってスカーは特別だ。

そばにいると安心して、声を聞くと幸せで、撫でられると蕩《とろ》けてしまいそうになる。

スカーにとってはどうか知らない。

「しかし、あの時のユナン様と言ったらすごかったよ。神々しいくらいの強さだった」

リリが眠たいような気持ちになってきているのを察したのか、リリの背中を抱いたスカーがゆっくりとその場に腰を下ろす。

芝生の上に直接座るなんて城の庭ではあまりしてはいけないのかもしれない。スカーもそう思っているのか、胡座《あぐら》をかいた膝の上に軽々とリリを乗せてしまった。

この庭では二人きりだから、何度もこうして膝に乗せてもらうことはあった。

王子を芝に座らせるなんてとスカーは思っているのかもしれないけれど、王子を膝に乗せる騎士というのもおかしな話だ。そうと言えば乗せてもらえなくなりそうだから絶対口にしないけれど。

「ドラゴンの姿をしたユナン様は何度も見たことがあったけど、あんなお姿は初めてだったたな。夕陽《ゆうひ》に照らされて少し赤く染まって……よくあんな方をこの城まで連れてこれたもんだと思って、ゾッとしたよ」

「ふふ、僕も見てみたかったたな。母上のかっこいいところ」

母上が西の森からどんなふうにトルメリアに連れてこられたのかは、なんとなく聞いている。といっても母上から聞いた話と父上から聞いた話では少し違うし、スカーやリドルたちに聞くとまた受け取り方が違う。今となってはみんな、こうなって良かったと思っているようだ。

父上と母上の話を聞いているとリリは運命のようなものを感じてしまう。きっかけはどんなものでも、結果として惹かれ合った両親の話はまるで書物のおとぎ話のように素敵な運命だ。

そんなに強いはずの母上が父上たちに捕らえられてしまったというのも、何かの導きだったようにさえ思える。

母上は、ドラゴンがたまたまゴブリンに強いだけだと笑っていたけれど。

リリはゴブリンを見たこともないからわからない。もしあの時母上ではなくリリとメロが現地に向かっていたら、役に立てたのかどうかも。

「あー……うん、いや……リリには見せられなかった、かな」

リリを撫でる手を止めたスカーが、その手で自身の頭を掻く。

その歯切れの悪い様子に顔を仰ぐと、困ったように苦笑を浮かべたスカーが首を竦めた。

「ユナン様の活躍は見せたかったけど――前線はそりゃもう、酷《ひど》いモンだったから」

視線を伏せたスカーの曇った表情に、リリも思わず顔を伏せた。

幸いにも騎士団から死者は出なかったとはいえ、重篤な怪我《けが》人は出た。中には、そのまま騎士団を辞めざるをえなくなった従騎士もいたと聞いている。

騎士団長であるスカーとしては苦しい出来事だっただろうし、平和なトルメリアにおいてあれは確かに戦場だったのだ。

軽率なことを言ってしまった自分を恥じて、リリはぎゅっと唇を結んだ。

「でもまあ、この国を無事守れてよかったよ」

空気を変えるように明るく声を張り上げたスカーが、リリを乗せた膝を揺らす。

体勢を崩しそうになってリリが慌てて目の前の胸にしがみつくと、スカーが短く笑った。

笑ってから——そっと、掌をリリの頬に滑らせた。

促されるように顔を上げるとスカーはもう笑っていなくて、ただ優しい瞳がリリを見下ろしていた。

「っ……」

スカーはたまに、こんな目をする時がある。

リリはその表情を見ると胸が突き刺されたように痛くなって息が詰まってしまって、力が抜けていくような全身が燃えてしまいそうな、とにかくどうにかなってしまいそうでちょっと怖くなる。

スカーの目はまっすぐリリを映していて、子供を可愛がるようなものとも、花を愛《め》でるようなものとも違う。それでいて何も言ってくれないから、リリはいつもびっしょり汗をかいて困ってしまうの

だ。

「あっ……あの、スカーは、……えっと、怪我などはしてませんか？」

なんとかしてスカーの気を逸らそうとして――スカーがリリを見てくれているのは嬉しいのに、なんだかこの目をされると緊張してしまって話を逸らしたくなってしまう――リリは早口で上ずった声をあげた。

しがみついたスカーの胸や腕をぺたぺたと点検するように触ると、くすぐったそうにスカーが笑う。

スカーがいつものように笑うと、なんだかホッとするような寂しいような、変な気分だ。

「ゴブリンと戦った時の傷か？　まあ俺は大した怪我でもなかったから。もう治ってる。心配してくれてありがとな」

そう言ってスカーは訓練着の袖《そで》をまくって見せた。そこにははっきりとゴブリンの噛み痕《あと》がついていて、治ったとは言っても古傷と呼ぶにはまだ生々しい色を放っている。

そんなことを言えばスカーの体には古傷がたくさんあるんだろうけれど、だからって一つ増えただけだという気にはなれない。

リリは赤みを残した傷にそっと指先をあてると、肉を引きちぎられそうになったのだろう裂傷を丁寧になぞった。

ぴくり、とスカーが体を震わせたのは、痛みが残っているわけではないのだろうけれど。それでもこの傷が消えてくれないかと念じるように。

「……母上みたいに、僕もスカーの傷を治せたら良かったのに」

ドラゴンの魔力は、治癒能力に優れているらしい。

リリは自分の傷ならばヒトよりも治るのが早いけれど、それが魔力によるものなのかドラゴンの成長が早いせいなのかはわからない。どちらにせよ母上のように他の人の怪我を治す力はない。

もし治せたら、これから先スカーが危ない目に遭った時に駆けつけることができるのに。母上がそうしたように。

「じゃあ、今度怪我したらリリに頼むとするかな」

しゅんとしたつぶやきをすくうように膝の上のリリを抱き直したスカーが、うんと大きく肯く。

「えっ!? でも僕、母上のようには……」

「消毒して、軟膏《なんこう》をつけて、痛いのが消えてなくなるまじないでもかけてくれりゃ一発で治っちまうだろ」

抱き直したリリの体をゆらゆらと揺らしたスカーが快活に言うと、沈みそうになったリリの心もすぐに浮上してくる。

スカーの言葉はいつも優しくて温かくて、リリの心を照らしてくれる魔法みたいだ。

「リリのまじないは効きそうだな、主に俺限定で」

スカーもなんだか上機嫌そうで、リリは笑いながらスカーの胸に身を預けて小さく笑った。

「もちろん、スカーにしかかけませんから」

父上よりメロより、スカーのことを特別に感じる。

まじないをかけられているのは、むしろリリのほうだ。

＊　＊　＊

赤い絨毯《じゅうたん》の上に点々と水滴の道ができている。

それどころか、濡《ぬ》れた裸足で走ったのだろう、足跡がはっきり残っている部分さえある。

「もう、メロってば……」

今日はなんだか慌てた様子で湯浴《ゆあ》みを済ませたメロは、従者が体を拭《ふ》いてくれるのも待たずにさっさと部屋へ駆け戻ってしまった。

従者には代わりにリリが謝ったけれど、こんな様子じゃミクと一緒に湯浴みをするなんて無理だ。

とても兄としての威厳を保てないし、ミクの教育に良くない。

それでもメロはいつかミクも一緒に――なんて言っているけれど、ミクだってあっという間に体が大きくなってしまう。リリやメロがなんとも思わなくたって、レディが男性と一緒に湯浴みするのはやはり良いことではない気がする。

その点、母上とはいつまでも一緒に湯浴みできるから安心だ――などと言ったら、まるで親離れしていない子供のようだと笑われるだろうか。

「――………」

リリの子供じみたところをスカーに笑われることを想像すると、自然と唇が尖《とが》ってしまう。まだ湿った髪が頬に貼《は》り付くのを掌で避《さ》けながら、リリはふと昼間に感じたスカーの眼差しを思い出していた。

なんだかわからないけれど、あの目を思い出すと急にどきどきしてしまう。

優しいけれど真剣なスカーの目は、「子供」に向けるようなものではないような気がする。スカーはリリのことをまだまだ子供だと思っているはずなのに。

リリを大人と見なしてなにか大切なことを伝えたいと思っていたのか、それとも別の気持ちがあったのかはわからない。もしかしたらリリの思い違いかもしれない。

スカーは話している相手のことをじっと見つめる癖があるから、べつに、あの時もただリリのことをいつも通り見つめていただけかもしれない。

リリが勝手に、どきどきしているだけで。

うまく言葉にできるような気がしないから、母上にもメロにも相談できない。

スカーを見てリリがどきどきするのなんていつものことでしょ、とメロなら聞く耳も持ってくれないだろう。自分は毎日飽きもせずリドルは可愛いと繰り返しているくせに。

「リリ！」

自室の扉が見えてきたところで、その扉が乱暴に開かれると寝衣に身を包んだメロが飛び出してきた。

なんだかまだ髪も濡れているようだし、手には枕《まくら》を抱えている。

今日のメロはいつにも増して様子がおかしい。ただ、なんだかわくわくしているようなそわそわしているような、本人は楽しそうなことだけは伝わってくる。リリがメロと同じ卵から産まれたからかもしれないけれど。

「おれ、今日はリドルと寝るから！」

じゃ、とだけ言ってメロは早々に踵《きびす》を返そうとする。

「えっ……えっ？　ちょっと待って、メロ」

たしかにメロが向かう先にはリドルの寝室もある。

もしかしたらそのために早く湯浴みを済ませてしまいたかったのだろうか。このメロの様子だと、きっとそうだ。

リリの呼びかけに振り向きはしたものの、ほんの一瞬でも惜しむように今すぐリドルのところに行きたがっているのが見て取れる。

「なに？」

「一緒に寝るって……リドルはいいって言ったの？」

リドルの了承を得ていないから、メロが先手を打つために慌てているんじゃないだろうか。

たとえばリドルがまだ寝室に戻る前に部屋で待ち構えるため、とか。

「聞いてないけど、たぶん平気。小さい頃はよく一緒に寝てたじゃん？」

案の定、悪びれもなくメロは笑って嬉しそうに枕を抱え直す。

その無邪気な様子は、体だけ大きくなっても中身がまだ幼いのだと思い知らされるのには十分だったけれど——自分も他の人からはそう見えているのだろうか。

だとしたらちょっと、恥ずかしい。

「そりゃ、子供の頃はよくリドルの部屋に突然お邪魔したりもしたけど……僕たち、もうそんなに小さくもないんだし」

リドルの部屋には当然、ベッドは一つしかない。

客人は客人用の部屋に通されるから、リドルは誰かと枕を並べて寝ることなんて想定してない。それでもリリやメロたちが小さい頃は可愛がってくれていたから一つのベッドに潜り込むこともあったけれど。

もし、もうすっかり大きくなったメロがリドルと一つのベッドに包《くる》まるつもりなら――その光景を想像すると、リリはなんだか見てはいけないものを想像した気持ちになって、ぎくりとした。

まさかリリに止められるとは思っていなかったのだろうメロは不満げに首をひねっている。

メロはまだ、小さい頃と同じような気持ちでいるのかもしれない。

自分だけがはしたないことを想像してしまったようで、頬が熱くなってくる。

「けど、リドルは一緒に寝てくれると思うよ？　だっておれ、リドルのこと大好きって毎日伝えてるし」

「それはメロの一方的な……！」

リリは呆《あき》れたように反論しかけて、はっとした。

さっきまでいたずらを咎《とが》められた子供のような顔をしていたメロが急にはにかんだ様子でもじもじと枕の角を弄《もてあそ》んでいる。

それがなにかはわからないけれど、リリには知らないことがあるような、そんな気がした。

メロがリドルによく懐いていることはリリだってよく知っている。

騎士の訓練に参加している以外の時間、メロはほとんどリドルのそばにいるという話だし、リドルの執務室は最近よく閉じられっぱなしになっているとも聞く。だいたいその時間、メロの姿も見つけることができない。

この間はミクまで、メロはいつもリドルの部屋にいると言っていた。そうなんだ、と笑うとメロとリドルは父上と母上みたいに仲良しだ——と、そう言っていたっけ。

だから、つまり。

そういうことだろうか。

「じゃ、おれはリドルの部屋行くから！　朝まで戻らなくても心配しないで」

騒然として立ち尽くしたリリに手を振ると、今度こそメロは踵を返して廊下を駆けていってしまった。

その足取りは軽やかで楽しげで、羽を出してもいないのに飛んでいるみたいだった。


一人きりの子供部屋は、しんと静まり返っている。

いつもはまだ寝たくないだとかいって遅くまでしゃべっているメロがいないおかげで早くに灯《あか》りを消してベッドに入ったリリは、いつもより広く感じる部屋の天井を仰ぎながらメロの照れくさそうな顔を思い出していた。

なんだか、知らない男の子を見ているみたいだった。

結局その後メロが戻ってくる様子もないし、月が高くのぼっているこの時間ではリドルも仕事を終えているだろう。

今頃二人は、リドルの部屋で一緒に過ごしているのだろうか。

リドルのことが大好きと言って憚《はばか》らないメロと、それに少し呆れたような素振りを見せながらも対応するリドルの姿は小さい頃からずっと見ている。メロのことも、リドルのこともよく知っているつもりだ。

だけど、今この夜空の下でメロとリドルがどんな話をしているのかリリには想像もつかない。

メロもリドルも、知らない人になってしまったみたいでなんだか怖い気もする。

メロの言う「好き」っていうのは、果たしてそういうことなんだろうか。

たしかに母上もオスのドラゴンだけれど父上と結ばれて、こうして自分たちが産まれている。メロもリドルも男なのにおかしなことだ、とは思わない。きっとどちらかが女性でも変な気持ちがしただろう。

たとえばミクがいつか誰かと恋をして、そうなる――なんて、冗談みたいに思える。

そうなるっていうのが一体どういうことなのか、リリにはよくわからないけれど。

「はぁ……」

リリはなんだか落ち着かない気持ちになって、ごろんと寝返りを打った。

さっき乾かした長い髪がリリの頬を撫でて、思わずぎくりと肩が強張《こわば》る。

昼間、スカーに撫でられた頬の感触を何故《なぜ》か今頃急に思い出してしまった。ざらついているけれど優しくて、まるでリリがそこにいることを確かめるかのような触れ方だった。

顔にかかる髪を払うついでに、スカーに触れられた頬をそっとなぞってみる。

あの時、じっと見つめるスカーの瞳をリリも見つめ返すことができたら——もしかしたら、なにかあったのかもしれない。

「なにか」がなにかはわからないけれど、スカーの目は物言いたげで、でも口を開く様子も感じられなかったし、視線で伝えられたような、だけどそれは言葉ではないような。

ただ、リリがそう思いたいだけなのかもしれない。

ベッドで体を丸めたリリは胸の鼓動がひとりでに早くなっていくのを感じながらぎゅうっと目を瞑《つむ》った。

訓練後のスカーに抱きしめられると、逞しい胸からは太陽みたいな土の香りと一緒にスカー自身の汗の香りがほのかに感じられる。

いつも剣を振るっている筋肉質な太い腕はリリのことを力いっぱい抱きしめているようで、どこかおそるおそる加減してくれていることも知っている。

逆にリリのほうから思いきりぎゅっと抱きつくと、痛い痛いと降参の声をあげてスカーは笑う。その体の振動を感じるのもリリは大好きだった。

一人になってからスカーの細かな仕草や香り、声、眼差しを思い出すといつも胸がぎゅうっと苦しくなって、息もできないくらい切ない気持ちになってしまう。

心臓はどきどきして、背中から羽が出てきそうなくらい落ち着かない気持ちになって体も熱くなってくる。

小さい頃に読んだおとぎ話では、恋に落ちた王子様とお姫様は口吻《くちづ》けをして結ばれるけれど、それだけじゃ家族が作れないことくらいはリリだって知っている。

それが、王子様とお姫様じゃなくても。

一度だけ、父上と母上が口吻けをしているところを見かけてしまったことがある。

父上がリリやメロにもしてくれるような親愛の口吻けではなくて、愛し合う二人で交わし合う口吻けだった。

お休みの挨拶《あいさつ》をしに行こうとしてたまたま遭遇してしまっただけだから、メロにもその話をしたことはないけれど。

もしかしたら、今頃メロはリドルとあんな口吻けをしているのかもしれない。リリは交尾について書物でなんとなく読んだことがあるだけで、それはあくまでも動物の生態としての交尾だ。愛情表現としての交尾については、リリは何も知らない。

好きな人に触れたらどんな気持ちになるのか、愛し合う人との口吻けがどんなものなのか。生殖器を繋《つな》げる以外に一体どんなことがあるのか、それはどんな感じがするのか。

――それはスカーに抱きしめられて撫でられるより、ずっと幸せな気持ちになることなんだろうか。

たとえばリリを抱きしめたスカーの手がそっと服の中に入ってきて、直接肌を撫でられたら。

きっとリリは緊張してしまうだろうけれど、スカーがもしリリに触れたいと思ってくれたのだったらすごく嬉しいと思うだろう。

頬を優しく撫でられたように、あの大きな掌でゆっくりと背筋から撫で上げられてリリの形を確かめるように脇腹《わきばら》へ、そして胸へとのぼってきたら。

「……っ」

ただの想像に過ぎないのに、スカーがリリの反応を窺うように見つめながら体を撫でてくることを思うと緊張して体がぶるっと震えてしまう。

だけどもしスカーがそうしてくれたら、リリの体が強張っているのを怖がっているせいだとか嫌がっているせいだと思われたくない。

大丈夫だから、スカーに触れられて嬉しいと伝えたくて自分からも身を擦り寄せたらいいだろうか。

そうしたらスカーはいつもみたいに優しく笑って、そっと額に口吻けてくれるかもしれない。

「スカー……」

自分の拙《つたな》い手をスカーの掌に見立ててそっと寝衣の中に忍ばせてみると、思わずため息が漏れた。

一方の手でおそるおそる自分の薄い胸板を、もう一方の手で前髪から覗く額に触れてみる。

「は、ぁ……っはぁ、っ」

目を閉じてスカーに触れられているのだと想像すると、剣も満足に振れない小さな手でもなんだか熱く感じてきた。

きっとスカーは訓練で厚くなった掌のざらつきを気にして、あまり強くリリの肌を擦《こす》ることはないかもしれない。でも、気にしないで欲しいというようにリリが自分から身を揺すったらどんな顔をするだろう。

一瞬驚いたように手を止めてから、少し笑って強く抱き直してくれるかもしれない。

「スカー……っ」

頭まで寝具の中に潜り込んでくぐもった声をあげながら、無意識のうちにリリは夢中で自分の体を弄《いじ》っていた。

スカーはどんなふうに自分に触れるだろうか、リリ自身はどこを触って欲しいか。スカーにならどんなところを撫でられたって嬉しいけれど、そういう時にどうするものなのかリリは知らない。スカーなら知っているのだろうか。

額に飛び出した小さな角を指先で無意識に擦りながら胸の上を撫でていると、角と同じようにつんと勃《た》ちあがった突起に手が触れた。

「つん、ぅ……！」

瞬間、全身に痺《しび》れが走ってベッドが軋《きし》むほど大きく体が震えた。

「ぁ……あ、っスカー……」

なにが起こったのかわからない。

わからないけれど、じんじんと痺れの余韻が響く体は耐えられないくらい切なくなっている。

リリは自分でも驚くくらい鼻にかかった甘い声でスカーの名前を呼びながら、たまらずにもう一度胸の突起に触れてみた。

「っ、！　ぅ、……あ、っあ……あっ」

一度指先でつまんでしまうと、痛いような甘い痺れが背筋を駆け上がって、なんだか怖いような気さえする。それなのにとても手を離す気にはなれなくて、リリはベッドの上で身を捩《よじ》らせながら胸の上をくりくりと捏《こ》ねるように弄った。

「あ、ぅ……っんぁ、あぁ、っスカー……っスカー……！」

涙が滲《にじ》んでくる熱っぽい目でスカーの顔を見上げながらいやいやと首を振っても、スカーは止めてくれないかもしれない。だとしたらきっと、リリが本当に嫌がっていないことがバレてしまっているからだ。

だって首を振りながらもリリはきっとスカーにしがみついて離れないだろうし、頭が真っ白になりそうな刺激を与えられ続ける胸はスカーの手に向かって突き出したまま、もじもじと腰を揺らしている。

いや、だめと言いながらもっとスカーに触って欲しいし、止めないで欲しい。

こんなはしたない自分を嫌いにならないで欲しいし、もっといやらしいことを教えて欲しい。

「スカー……っ、もっと」

寝具を足の間に挟みながら身悶《みもだ》えたリリは想像の中で意地悪な笑みを浮かべたスカーにねだるように縋《すが》り付くと、角を弄っていた手をそっと下肢へと伸ばした。

「……っ！」

手を伸ばした先はひどく熱くなっていて、まるで自分の体が知らないなにかになっているみたいだった。

熱くて苦しいとは感じていたけれど、こんなに大きく硬くなって、ぴくぴくとひとりでに震えながら先端を湿らせている。

そんなところに触れるなんてきれいじゃないしはしたないし、いけないことなのに。リリのそこは、スカーに触れてもらいたがって天を向いている。

強く瞑った瞼の裏のスカーの顔をこわごわ窺い見ると、さすがにそんな場面でのスカーの表情は想像できなかったけれど。

でも、リリは背徳感に胸を締め付けられながらそっと熱いものを握ってみた。

「ぁ……っ!」

ぶるっと大きく体がわななないて、ベッドの上でのけぞる。

一度触れてしまうと、胸の突起と同じでとても手が離せなくなって、どう扱っていいかもわからないのに夢中で下着の中の手を動かしてしまう。

「スカー……っスカぁ、っ……!」

この手がスカーの手だったらと思うとたまらなくなって、目尻だけじゃなく下肢もとろとろと濡れてくる。それがおしっこじゃないことはなんとなくわかった。

スカーの手が汚れてしまう、とリリが気にしてもスカーはなんてことないと言って続けるだろう。

その筋肉質な腕にしがみつきながらも、スカーを止めることはできずにリリは息を荒らげながら自ら腰を揺らしている自分に気付かないふりをする。

もちろんスカーはそんなリリに気付いていて、だけどきっと指摘することはなくただ笑うかもしれない。

「スカー……っ、僕、ぼく……っ」

静まり返った部屋に、泣き出しそうなリリのくぐもった声が響く。

想像の中ではスカーも息を弾ませていて、リリの耳元で優しく名前を囁《ささや》いてくれている。それから、リリの頭がぼうっとするような声で何度も可愛いと言ってくれる。

リリはこんなに、悪い子なのに。

下着の中に忍ばせた手はくちゅくちゅと忙《せわ》しなく水音をたてて、まるでそれがスカーに耳朶《じだ》を舐《な》められているようなそんな錯覚に陥る。

触られるだけじゃ我慢できない。スカーの唇でいろんなところに口吻けて欲しい。リリの体にマーキングをして、スカーの知らないところがないくらい全身を食べて欲しい。

「スカー……っ！　もう、ぼく……っ！」

ガクガクと大きく体が震えて、しがみついたスカーの背中に爪《つめ》を立てる。実際にはそれはベッドの上に敷いた寝具だったけれど。

熱い吐息がこもった寝具を強く握りしめながら、リリが経験したこともない大きな快感の波にさらわれそうになった時――脳裏に、昼間のスカーのまっすぐな眼差しがよぎった。

「――――……っ！」

スカーに見つめられると、頭の中が真っ白に閃光《せんこう》して体がビク、ビクンと痙攣《けいれん》したように引き攣《つ》る。

息を詰め、丸く開いた唇から声にならない声をあげてベッドで身を硬直させたリリの手の中には、熱いものが迸《ほとばし》っていた。

＊　＊　＊

夜がゆっくりと明けていくのを、リリはベッドで一人、まんじりともせず眺めていた。

とても、暖かなベッドで幸せに眠れるような心境ではなかった。

「…………」

――スカーを汚してしまった。

その罪悪感で、目はらんらんと冴《さ》えて心は鉛のように重い。

まだ暗いうちにそっと部屋を抜け出して手を洗い、下着を変え、寝具にも汚れがないか念入りに確認してもまだ、忘れることができない。

瞼の裏で想像したスカーの優しい声や温かい微笑み。甘い囁き、そして肌に触れる掌。それが幸せだったと思えば思うほど、ひどい後悔の念で暴れだしたくなる。

枕に顔を埋めてわーっと叫びだしてしまいたいくらいだったけれど、そんなことをしたらなにごとかと侍従たちに心配されてしまうだろう。

なにごとか――なんて言えるはずもない。

生まれて初めて自分で自分の性器に触れて、ずっと大好きなスカーを思い浮かべながら背徳的な快感に溺《おぼ》れてしまっただなんて。とても言えない。

父上や母上、メロにだって言えやしない。

リリがこんなはしたないことに耽《ふけ》ってしまっただなんて、言わなければ誰にもわからないかもしれないけれど、リリ自身は知っている。しかも、この夜のことを忘れることはできないだろう。

もしかしたら、またしたくなってしまうかもしれない――それがなによりも、怖かった。

カタン、と扉の外で物音がして、リリは息を潜めた。

もう従者が起き出す時間なのだろうか。

結局一晩中眠れなかったけれど、不思議とお腹《なか》も空《す》いてこない。朝食に呼ばれてもとても食べる気にはなれない。

どうしよう、という途方もない気持ちだけが頭の中を渦巻いて、ため息が次から次へと溢《あふ》れてくる。

「あれ？　リリ、起きてる？」

突然メロの脳天気な声がしたかと思うと、リリは大きく肩を震わせておそるおそる扉を振り返った。

物音がした、と思ったのは廊下を歩く侍従の気配ではなくてメロが帰ってきた音だったようだ。

「ごめん、起こしちゃった？」

申し訳なさそうに頭を掻きながらも、メロはなんだかうきうきとした様子だ。昨日、リドルの部屋に向かった時の様子をそのまま纏《まと》っている。

きっと、リドルと楽しい一夜を過ごしたんだろう——そう思うと、羨ましいような気持ちよりも先に昨夜想像したはしたない行為が頭をよぎってしまって、かっと顔が熱くなってくる。

「？　リリ、寝ぼけてんの？」

慌ててベッドに潜り込んだリリにメロは訝《いぶか》しげな声をあげながら、隣に置かれた自分のベッドに腰掛けたようだ。そのベッドが軋む微《かす》かな音にさえ、過敏になってしまう。

メロとリドルが二人きりで過ごした夜が、どんなふうだったかなんて知らない。聞くわけにもいかない。リリが勝手にやましい想像をしてしまっただけだ。

メロとリドルに誠心誠意謝りたい気持ちになってくる。もちろん、どうして謝るのと聞かれたら答えられないから、なにも言えないけれど。

「まだ朝食までちょっと時間あるよね。もう、眠くて眠くて……リドルの部屋で寝過ごすわけにもいかないからさあ」

メロは大きく欠伸《あくび》をしながらそう言って、勢いよくベッドに倒れ込んだ。

リリはどきどきと痛いくらい強く脈打っている胸を押さえながらぎゅっと目を瞑って、心の中で何度もメロに謝った。

「そういえば今日さ、リドルがおれの剣技見に来てくれるんだって。おれ、スカーにはよく褒めてもらうけど――」

「!!」

メロの口からスカーの名前が出た瞬間、心臓が胸を突き破って出てくるかと思った。

胸を押さえた手で寝衣をぎゅっと握りしめて、動揺をメロに悟られないように息を詰める。

「でもさ、やっぱりスカーがいない時に見に来てもらえばよかったかなあ……スカーと並んだら、どう考えてもスカーのほうがかっこいいもん。おれもスカーくらい筋肉つかないかなぁ」

どっどどっどっと心臓の音が馬の蹄《ひづめ》のように強くリリの体内を駆け巡る。

剣を構えるスカーのかっこよさなら、リリだってよく知っている。メロは手足がスラッとしているから、剣技は流麗で美しいけれど、強そうには見えない。

その点スカーは気圧《けお》されるような強さと、凶器を握っているという覚悟の見える、肌がヒリヒリするような剣技を見せてくれる。それでいてその強さはこの国の民を守るためにあるという優しさにも満ちていて、リリはいつもスカーの姿に見惚れてしまう。

「……っ」

――その気高い騎士であるスカーをリリのはしたない想像で汚してしまったのだと思うと、ますます気が重くなる。

このままベッドに沈んで綿と埃《ほこり》にまみれて消えてしまいたいくらい。

「だからさ、リリ。リドルが来た時だけでいいからスカーを庭園とかに連れてってくれないかな？

ほら、リリの頼みならスカーも……」

「むっ、……無理！」

思わず声を張り上げてリリが飛び起きると、メロが驚いたように半身をベッドから浮かせた。

「え？」

驚いた様子のメロの顔も、まっすぐ見られない。

あんな想像をした後で、スカーの顔なんてもっと見られたものじゃないだろう。

名前を聞いただけでも体が疼《うず》くような、妙な気分になってくるのに。

「だ、だから……あの、僕今日は……――っとにかく、無理だから！」

頭の中がぐるぐるして、まとまりがつかない。

リリは飛び起きたベッドから転げるように抜け出ると寝衣のまま駆け出した。

「ちょ、っ……リリ！」

メロの慌てた声が背中を追ってきたけれど、リリはその声からも逃げ出すように子供部屋を飛び出していた。

夢中で走れば罪悪感がちぎれてどこかに行ってしまえばいいのに、と願いながら。


「うー……」

人目につかない塔の影に隠れたリリは、遠く庭園から聞こえてくる爽《さわ》やかな小鳥のさえずりから耳を塞《ふさ》ぐようにしてうずくまった。

思わず寝衣のまま逃げ出してきてしまったけれど、一体これからどうしよう。

突然部屋を飛び出したリリを、今頃メロは心配しているだろう。父上や、母上も。

だけど敏《さと》いメロのことだから侍従を駆り出してリリを探し回るようなことはしないに違いない。ただ、自分がなにか悪いことを言ってしまったのかもと反省しているかもしれない。双子だから、リリだって同じ立場になればきっとそう思う。

メロが悪いことなんてなにもない。悪いのはリリのほうなのに。

そう伝えに戻りたいけれど、どうにもばつが悪くてこの場を動けない。

このままずっとここにいるわけにもいかないし、寝衣から着替えたいのに。

母上に心配させてごめんなさいと抱きついたら、理由も聞かずに頭を撫でてくれるだろう。その後いつも通り着替えて、朝食をとって、それから――それから？

いつも通りならリドルの仕事の様子を見て勉強を見てもらうはずだけれど、今日ばかりはさすがにリドルの顔もまともに見られない。

メロと違ってリドルは浮かれた様子など見せないだろうし、きっとなにごともなかったかのようにいつもの怜悧《れいり》な様子で勉強を教えてくれるのだろうけれど。

そんなリドルも、メロと二人きりで過ごしている時はリリの知らない表情をするのだろうか。あるいは――昨夜のリリのように、はしたない気持ちになったりするのだろうか。それも、メロの前で。

「……っ！」

リリは昨夜の悶々《もんもん》とした想像を頭によぎらせてしまって慌てて首を大きく振った。

自分はなんて最低なんだと頭を抱えたくなる。

たとえもしメロがリドルを特別な意味で好きなんだとして、リドルもそれに応《こた》えたとして、二人が万が一交尾をしていたとしたって、それは尊いことなのだということはわかる。

それを想像してはどんな気持ちなのだろうと思いを馳《は》せてしまうリリがただただ、はしたない。まして、こんな卑しい気持ちをスカーに向けてしまうだなんて。

そういえば、今日リドルはメロの剣技を見に行くと言っていた。

メロの気持ちを応援したいのは本当だし、リリだってスカーと過ごしたくないわけじゃないけれど──こんな状態で、スカーに会えるはずがない。

だけど。

じゃあ明日になればスカーに胸を張って会えるだろうか。明後日《あさって》になれば？　それとも十日後、もっと大人になってから？

リリがスカーのことを好きでいる限り、きっとどんなに時間を置いてもスカーの顔を見たら思い出してしまう。リリが想像したスカーの姿を。

「──……」

それが嫌なら、もう一生スカーに会うことはできないのか。

そう思ったら愕然《がくぜん》として、全身の力が抜けていくようだ。

まだ朝になったばかりなのに目の前が真っ暗になって、もうこの先に楽しいことも嬉しいことも、美味《おい》しい食事も美しい景色もなにもなくなってしまったみたいだ。

だって、スカーがいなかったらリリは笑うこともできなくなる気がする。

スカーに会えなくなるなんて、嫌だ。

たった一日会えないだけでも元気が出なくなるくらいなのに。

スカーに会いたい。会いたいけれど、合わせる顔がない。どうしてあんなこと想像してしまったんだろう。ただスカーの笑顔を見ていられたら、撫でてもらえたら、名前を呼んでもらえたらそれだけで嬉しかったはずなのに――。

「リリ！」

「‼」

どこからともなくスカーの太い声が聞こえてきて、リリは反射的に竦み上がった。

飛び出てきそうになった心臓を押さえながらあたりを見回す。まさか、昨日の想像みたいに幻聴でも聞こえたのだろうかと安心しかけたその時。

「リリ、こんなところに隠れてたのか」

突然、スカーがひょいと顔を覗かせて危うくリリは悲鳴をあげそうになった。

「すす、すすす、っスカ、……っどうし、っ」

どうしてこんなところに――と喉《のど》元まで出かかって、その言葉も舌の根でつっかえて途切れる。

普通ならスカーは今頃、朝の訓練を終えて朝食をとって、馬の世話をしに行っているくらいの時間だ。もしかしたらリリが思っているよりもここでうずくまっている時間が長かったのだとしても、それでも騎士の訓練をしている最中なのに。

「どうした、はこっちの台詞《せりふ》だ。寝間着のまま隠れんぼか？　朝食もまだだって聞いたぜ。腹減っただろ」

うずくまっているリリにスカーは当然のように手を差し出してくる。けれど。

「へ、……へって、ませんっ！」

リリは慌てて顔を伏せると、今の今まで鼓動を忘れていた心臓がばくばくと動き出した音を抑えながら更に身を小さくして膝を抱えた。

「ん？　そうか。じゃあ……そうだ、木の実でも採りに行くか？　ブリッツに乗って――」

「い、行けません」

膝の間に埋めた顔をぶるぶると揺らして拒絶すると、スカーが一瞬、言葉に詰まったのがわかった。

スカーの顔が見られて嬉しい。

どうしてかはわからないけれど、こんなところまでリリを探しに来てくれたのが嬉しい。だけど、リリの手は汚れているから。

スカーは優しくリリに手を差し伸べてくれたのに、リリは昨夜、その大きな掌の感触を思い出しながら自分の体を弄ってしまった。もしスカーにそんなはしたないリリを見透かされたらと思うとぞっとする。

「それじゃあ、んー……どうしたもんかな」

リリのわがままに手を焼いたように困った声を漏らしたスカーが、頭を掻いた。リリが顔を上げたらきっと、肩を竦めて苦笑を浮かべたスカーの顔が見られただろう。

スカーを困らせたくはないけれど、困った顔もかっこいい。

「じゃ、俺もここでサボるとするかな」

「！」

よいしょ、とスカーの声がすぐ近くで聞こえてリリはたまらずに顔を上げた。

肩が触れ合うほどの距離に腰を下ろしたスカーが待ってましたとばかりに顔を覗き込んでくると、飛び退《の》きそうになる。

「騎士団長が、くく、訓練をサボったりしていいんですか……？」

唇が震えて、思うように言葉を紡げない。スカーの顔を見ると緊張してしまうし、いつも話しているはずのスカーに対して緊張していることを悟られると思うとそれがよけいに緊張を生んでしまう。

だけどスカーは動揺したリリに変な顔一つ見せず朗らかに笑った。

「ん？　駄目かもな。けど、今日はリリと話したい気分なんだ」

「っ、お話なんて、ありません！」

爽やかな笑顔が目に突き刺さるようでリリはまた膝に顔を埋めた。

スカーにひどいことを言いたいわけじゃないのに。ただそっとしておいてほしいだけだと言えばいいんだろうけれど、それでスカーが立ち去ってしまったら――もう二度と、スカーと顔を合わせることができなくなるような気もする。

どうしたらいいのかわからなくて、リリが泣き出しそうになるのを堪えていると少し間を置いてスカーが不意に低い声を吐いた。

「……俺はリリのためになにもできない？」

その声にハッとしてリリが顔を上げると、眉《まゆ》を下げて目を眇《すが》めたスカーが首をひねって顔を覗きこんできた。

スカーを傷つけてしまった。

自分の誇りである職務を置いてまで、わざわざリリを探しに来てくれたのに。

リリは慌てて首を振って、スカーの肩にしがみつこうとして——手を止めた。両手を地面について、スカーに詰め寄る。

「違うんです、スカーはなにも悪くなくて……！　悪いのは、僕だから」

途中で視線を伏せたリリの頭に、スカーの手が伸びる。

見つめた地面に落ちた影でそれを察したリリがその手を避けると、スカーがまた苦笑したのがわかった。

「リリが悪いなんてことないだろ。リリはいっつもいい子だ」

「……っ、スカーは知らないかもしれないけど、僕は悪い子なんです、だから、だから……」

ごめんなさい、と続けた声が涙で詰まってしまった。

きっと、スカーはリリを純真ないい子だと思っているんだろう。

それこそ生まれたての子供は澄んだ湖のようにきれいで、大好きな人を想像で汚すようなことなんてしない。ミクも母上も、蕾から花開いた直後のような柔らかさと清潔さを持っている。

人を好きになるのは美しいことだ。だからメロみたいにまっすぐその気持ちをぶつけられたらいいのに、リリはどうしたらいいのかわからなくてスカーを自分の都合のいいように捻《ね》じ曲げってしまった。

スカーはこんなに優しくて眩《まぶ》しくて、心根のきれいな人なのに。それだから好きになったのに。

「リリは悪い子じゃないだろ。もしリリが自分で自分のことを責めてるんだとしたら、俺が許すから。だから、大丈夫だ」

一度リリが避けた手を、スカーがもう一度伸ばしてリリに触れる。

スカーの手で昨日までと同じように優しく髪を撫でられると、なんだか本当に許されていくような気がしてしまう。

他ならぬスカーに許してもらえることが、リリの望みなんだから。たとえその罪をスカーが知らないままだとしても。

「だから、な？　ほら、こっち向いて。リリがこっち向いて笑ってくれないと寂しいよ」

「でも――」

スカーは何も知らないだけだ。リリが昨夜耽っていた行為を。リリの頭の中を占めていたはしたない想像を。リリだけはそれを忘れることができない。

「……スカー」

頭を撫でるスカーの手に促されるようにしてリリが濡れた目をおそるおそる上げると、スカーが双《そう》眸《ぼう》を細めて受け容《い》れてくれる。頬をちょんとつつかれると、下睫《まつ》毛《げ》に留《とど》まっていた涙がこぼれた。

「スカーは僕に大人になってもいいって言ってくれましたけど……大人になるって、どういうことですか？」

たとえばそれが、こんなふうに好きな相手を汚したり大切な人を心配させたりするようなことだとしたら。

リリが大人になることを、それでもスカーは望んでくれるのだろうか。

涙を湛《たた》えたリリが見上げると、スカーは一瞬言葉を失ったようにぽかんとした後、やがてあぁ、と小さく唸《うな》るようにつぶやいて視線を泳がせた。

「あー……リリが何に悩んでんのかはわからないけど——もしかしてそれって、メロが昨日リドルの部屋に泊まったこととと関係ある？」

「っ！」

さっと血の気が引いていく音が聞こえた。

目の前から色という色が消え失《う》せて、リリは考えるより早く背中の羽を大きく広げるとスカーの手を振り払って逃げ出そうとした。

「わ、っ……！　待て、ちょ……っリリ、待てって！」

驚いたスカーが長い腕を伸ばしても、もう遅い。

大きく羽ばたいたリリの翼が風を巻き起こして、スカーが顔を背ける。リリはめくれ上がった寝衣の裾を押さえながらスカーにごめんなさい、と声を張り上げた。

「ごめん、じゃなくて――……って、！」

久しぶりに広げた羽は、ヒトの姿を運ぶのに今一つ安定が悪い。それでも一瞬でも早くスカーの視界から消えてしまいたくて、リリはもう一度翼を大きく羽ばたかせた。

「リリ！」

スカーが地面から声をあげる。

だけど、もう振り向ける気がしない。

スカーはもしかしたらリリの昨夜のことを知っているのかもしれない。誰にも知られるはずなんてないけれど、でもスカーはメロが昨日リドルの部屋に泊まったのを知っていて、二人がどんなふうに過ごしたかもわかっているんだろうか。あるいはスカーもそのことについて思いを馳せたことがあるのか。

スカーはリリよりも大人だしいろいろなことを知っているから、交尾がどんなことなのかも知っているはずだ。じゃあ、リリがそれを知っていることを知っているのだろうか。

頭がごちゃごちゃになって、もうどうしていいかわからない。

とにかくスカーに嫌われたくない。

嫌われたくないから、もうスカーに見られたくない。こんなはしたない自分を。

「おい、リリ！　いいから降りてこいって……っ、！」

うわぁっと大きな声が下から響いてきた。同時になにか大きなものが倒れ込むような鈍い音と砂の音が聞こえると、リリは思わず滞空して地上を見下ろした。

「痛ってぇ……」

砂埃の下に、スカーが膝を抱えてうずくまっていた。

リリを見上げながら走ろうとしたせいだろうか。強張った肩が震えているようにも見える。

「スカー！」

リリは叫ぶように声をあげて急降下すると、スカーに駆け寄った。

スカーの傷を治したいなんて言って、自分が原因で怪我をさせてしまった。

頭が真っ白になって、足をもつれさせるように走る。今まで生きてきた中で一番夢中で走っただろう。

スカーは膝を押さえたまま顔を伏せて、痛みを堪えているようだ。擦り傷程度なら軟膏で治せるかもしれないけれど、もし骨に異常があったり、数日間剣を振れないなんてことになったら——冷たい汗が滲んで、手足が震えてくる。

「スカー、大丈夫ですか？　膝を打ちましたか？　待っていてください、今母上を呼んで——」

「捕まえた」

「！」

スカーの背中を擦《さす》って痛みが少しでも和らぐようにと伸ばした手を、大きな手で捕らえられた。

驚いて目を瞠《みは》ると、顔を上げたスカーは口端を片方だけ上げて意地の悪い顔で笑っている。

「ス、……スカー、痛むところは……」

「転んだなんて嘘《うそ》。こうでもしなきゃ降りてきてくれないだろ。空に逃げられたら、俺は手も足も出ない」

大きく息を吐き出して安堵《あんど》した様子を浮かべたスカーの膝には、土もついていない。リリの腕を掴んだ手の力は容赦なく、どこか痛みに耐えているという様子も感じられなかった。

スカーが怪我をしていなくて安心するべきなのか、逃げ出そうとしたのにまんまと捕らえられてしまって悔しがるべきなのか、わからない。ただ一瞬スカーの心配で頭が真っ白になったせいで、さっきまでの行き場のない罪悪感は落ち着いている気がする。

「それにしても、リリが羽を出すなんて珍しいな。はい、もうしまったしまった」

腕を引かれてもう一方の手で背中をぽんぽんと宥《なだ》めるように叩かれると、言われるまでもなくリリの羽が寝衣の中に収まっていく。寝衣の裾が下がってすっかりヒトの形に戻るなり、スカーはそのまま背中の手でリリの体をぎゅっと抱きしめた。

「スカー……！」

どっと心音が跳ね上がって体温が急上昇していく。

さっき噴き出してきた冷たい汗が急に熱くなって、慌ててスカーの体を押し返そうとするけれどびくともしない。

今まではリリが少し押せばスカーは笑って離れてくれたような気がするのに。スカーが本気を出したら、リリなんて太刀打ちできない。そんなこと、考えるまでもなくわかっていたことだ。

だけどはしたないことを覚えてしまったリリには、この距離感はあまりにも刺激が強すぎる。

「スカー、あの、ちょっと……あの、僕、っ」

「リリが子供だろうと大人だろうと、リリがリリである限り俺はリリのことが好きだ」

リリの首筋に顔を埋めたスカーが、低く小さな声でつぶやくように言った。

聞いたこともないくらい真剣な、まるで誓いのような声だった。

「好き……って、あの、弟──みたいにとか、そういう」

スカーは、騎士団の部下たちのことだって大切に思っているのを知っているし。

たとえばメロのことだって父上のことだって、スカーはきっと大好きだろう。そう覚悟しながら尋ねているのにリリの声はなぜだか震えてしまって、心臓はうるさいくらいに鳴っている。こんなに強く抱きしめられている状態でそんなに早鐘を打てば、スカーに緊張がバレてしまうのに。

弟のようだと言われたらリリの昨夜の行為は本当にスカーにとって汚らわしいものに思われるだろう。だけど、もしそうじゃなかったら。

清らかなリリじゃなくても、許してもらえるなら。

「……あのさ、この間ミクが持ってきた草につけた名前。覚えてるか？」

縋るような気持ちでリリが息を詰めていると、ふとスカーが顔を上げて間近にあるリリの目を覗き込んできた。

唐突な話題に、きょとんとしてリリは大きく目を瞬いた。

「草？　フェデ・リリーのことですか？」

「そう。騎士にとってフェデリって、忠誠を誓うって意味なんだ」

そういえば、聞いたことがあるような気はしていた。そういう意味だとは知らなかったけれど。もしかしたらメロだったら知っていたかもしれない。

だけど今どうして急にその草の話をはじめたのか不思議に感じて、リリは思わずスカーの顔を見つめた。

「あの時、ミクと一緒に楽しそうにしてるリリが俺にとってはどうしようもなくかわいくてさ。だから、俺はあのかわいい草に『フェデ・リリー』……リリに忠誠を誓うって意味で、名前をつけた」

真っ赤な宝石のようなスカーの目が、甘く柔らかく微笑む。

気付けば強く抱きしめられた状態で、鼻先が触れるほど顔を寄せて視線を合わせていたけれど、もうスカーから目を逸らすことができない。

昨晩からずっと落ち着かなかった頭も体もなんだか蕩けていくようで、スカーに甘えたくなってしまう。

「リリはこの国の王子だし、俺は騎士だ。こんなことは迂闊《うかつ》に言えない。俺が忠誠を誓うべきはスハイルなんだろうしな。その大事な王子に対して――気持ちを寄せるなんてことは、あってはならないことなんだ」

「そんな、……そんなこと」

スカーの声が苦しげに聞こえて、リリはそれきり言葉を失ってしまった。

あってはならないだなんて、そんなことない……とすぐには言えない。

リリは王子で、スカーは騎士だから。スカーに言われるまで、そんなこと考えたこともなかった。

スカーはいつも、リリやメロに対しても父上に対してさえ気の置けない様子だったから身分の違い

だなんて意識したこともなかった。

「そんな顔すんなって。俺が、王子とか、かわいい弟分としてじゃなくリリのことを好きだって言うのがそんなにショック？」

「っ！　違います！　むしろ、逆で……！」

スカーの冗談に慌てて首を振ると、ふと向けられた苦笑にぎくりとした。

スカーの気持ちはきっとリリと同じなんだろう、と知れたのだからこんなに嬉しいことはないはずなのに。

でもこれは、世間から見たことらきっといけないことなんだろう。

スカーは自分たちの気持ちだけじゃない、父上や、国のことまで考えている。それが大人っていうことなんだと、教えられているように感じた。

「だけど俺は、この気持ちが報われることがなくても、一生リリを守り続けることができる騎士で良かったって思うよ」

「スカー……」

真摯で、まっすぐなスカーの言葉に心が震えてまた涙が溢れてきそうになる。

たとえ身分のせいでスカーとリリが父上や母上のように結婚できないのだとしても、それでも気持ちが通じていることが嬉しいし、リリが王子で、スカーが騎士でいる限り一緒にはいられるんだと思えば幸せな気持ちになる。

だけど、もっとスカーを欲しいと思ってしまう。

気持ちが報われるということがどういうことなのかはわからない。リリが昨夜考えたようなことをすれば報われるのか、それとも世間から認められたら報われるということになるのだろうか。

どうしたら、スカーをもっと幸せにできるんだろう。

きっとそれがわかったら、リリはもっとスカーで満たされるような、そんな気がする。理屈なんてちっともわからないけれど。

「――それに、リリは多分もう立派な大人なんだろうな。俺がそう思いたくないだけで」

「スカーが？　どうしてですか？」

はぁ、と自分に呆れたように大袈裟《おおげさ》に息を吐いたスカーが、初めてリリから目を逸らす。

さっきまではあんなに自分を見て欲しくないと思っていたのに、視線が逸れてしまうと寂しいような気持ちになって、リリはスカーの胸についた手で隊服を握りしめた。

まだ積極的にこっちを向いてとまでは言えそうにないけれど、そうするだけでスカーがリリに視線を戻してくれるような甘えがあった。

だけど、困ったように笑ったスカーはリリの背中を両手で抱いたまま、項垂《うなだ》れるようにますます顔を伏せてしまう。

もしかしてさっきまでリリがスカーを避けていたことへの仕返しなのだろうか。意地悪をしないでというようにリリはスカーの服を握った手を小さく揺らした。

スカーがまた小さく笑って、ちらりと視線を上げる。

「そう。リリが大人になっちゃったら、俺も我慢が――」

そして赤い瞳を鈍く光らせたスカーが低く、そう囁きかけた時。

「リリーっ！　どこにいんのー？」

「りりにいさまー！」

「！」

遠くからメロとミクの声が聞こえて、リリは顔を上げた。

そうだ。メロと話している最中で不自然に逃げ出してしまったのだから、メロは当然、リリを探すはずだ。スカーが探しに来てくれたのだってきっとメロのおかげなのだろうし。

もう大丈夫。

スカーに抱きしめられて気持ちが十分落ち着いたから、さっきはごめんねとメロに謝ることができる。

リリは声のするほうを窺いながら背筋を伸ばしてメロの呼びかけに応えようとして――スカーの指に、口を塞がれた。

「しー」

スカーの指を立てかけられたリリが目を丸くすると、スカーは片目を瞑っていたずらっぽく笑った。あまり器用とはいえない表情に、思わずリリにも笑みが溢れる。

「もう少し、二人でいよう」

改めてリリの腰を抱き寄せて頬を擦り寄せてきたスカーの体温に、かあっと体が熱くなってきて、リリは歯噛みした。

気持ちは落ち着いたけれど、やっぱり自分の体が昨日までとは違ってしまったように感じる。スカーの触れた先から過敏になったようにゾクゾクとして、息をしゃくりあげそうになってしまう。それなのに、もっと触って欲しいと思う。

リリはスカーの背中にそっと腕を回して、自分からも頬を擦り寄せた。

「……ま、メロはいいとして……姫はちょっと、心配させちゃ可哀想《かわいそう》だけどな」

わかっていてもこの腕を離したくないというようにリリには聞こえた。リリもまったく同じ気持ちだ。

顔を伏せたスカーの肩口で思い切り息を吸い込んで、スカーの香りで胸をいっぱいにする。またはしたない気持ちになったらどうしようと思うけれど、それ以上にスカーを好きだという気持ちで満たされていく。

「ミクには、あとでちゃんと謝っておきます」

スカーの体温と香りにうっとりしながらリリが言うと、スカーが笑った。スカーの笑う振動を全身で感じられて、心地いい。

「姫はリリのことが大好きだからきっと許してくれるだろ」

「ふふ、そうでしょうか。心配させたお詫《わ》びに、たくさんおままごとにつきあわされるかも」

それでも構わない。

リリだってミクと遊ぶのは大好きだし、それくらいのことでスカーともうしばらくこうしていられるのなら安いものだ。

「もしそうなったら、スカーも一緒にミクと遊んでくれますか？」

三人で遊べたら、きっともっとずっと楽しい。

リリが埋めた顔を浮かせてスカーの顔を窺うと、ふとスカーがこちらをまじまじと見つめていた。

「スカー？　どうし――」

「そうか……あのユナン様の子供なんだから、リリも卵を産むことができるかもしれないんだよな」

「！」

えっと声をあげようとしたリリの唇は丸く開いたまま音も出ず、ただ頬から火が噴き出しそうなくらい一気に血が巡った。

卵を産むって、つまり、交尾をするってことだ。

リリが。

げんきんにも今の今まですっかり忘れていた昨夜の記憶を急に呼び戻されて、リリが全身を硬直させているとスカーが反省したように顔を逸らした。

その耳も、少し赤くなっている。まるで髪の色が移ったように。

「好きな子にそういうこと考えるのは仕方ないだろ。俺だって男なんだぜ？」

それって、スカーとリリが、交尾するってことだろうか。

スカーも考えたりするんだろうか。リリとそうすることを。

昨夜リリがベッドの中で一人感じていたような快楽をスカーと一緒に感じるなんて、それが現実に起こるかもしれない――なんて、かえって想像がつかなくて、頭が真っ白になる。

それにそんなことを言われてしまったら、今夜もベッドの中でスカーのことを想《おも》ってしまうかもしれない。

スカーも、リリのことを考えてくれたりするんだろうか。聞きたいような、聞くのが怖いような気もする。

もし肯定されてしまったら――もう今日は、きっとどんな書物を開いたって内容が頭に入ってこない。

「……リリにはまだ早かった？」

ぽかんと口を開いたまま顔を真っ赤にして言葉をなくしたリリに、スカーが目を眇めて笑う。

その意地悪な笑顔もリリの胸を締め付けるのには十分で。

「っ、いつまでも子供扱いしないでください！　僕だって、……僕だってもう、大人なんですから！」

ぎゅっと強く抱きついた胸を力なく叩きながら声を絞り出したリリに、スカーが声をあげて笑う。

まだスカーには追いつけないかもしれないけれど。

それでもこの気持ちは子供だましじゃない、本物だから。

あとがき

こんにちは、茜花《さいか》ららと申します。
このたびは「翼《つばさ》ある后《きさき》は皇帝《こうてい》と愛《あい》を育《はぐく》む」をお買い求めいただき、ありがとうございます！

花嫁が后になり、二児の息子を育てながらも身重に……というお話でした。私にとって続編を書かせていただくという経験が人生二度目になるのですが（「溺愛君主《できあいくんしゅ》と身代《みが》わり皇子《おうじ》」もよろしくお願いします）たくさんの方が一冊目を楽しんでくださったおかげだなあと本当に嬉しく感じています。ありがとうございます！

花嫁のほうのあとがきに書いたかな？　と思ったら書いていなかったのでここで明らかにされる名付けの話ですが、前作「花嫁」を執筆していた際「双子の名前どうしようかな～」と考えながら近所を散歩していた私は、ふとカラオケボックスの看板を目にしました。

何を隠そう私がBLと小説の次に好きなのは音楽、好きなものにちなんだ名前にしよう！　と思い……メロ（ディ）とリリ（ック）という名前になりました。

そしてこのたび、彼らが晴れて兄となったわけですが……音楽と詞……あとはなんだ……？　と考えた私の脳裏に浮かんだものは初音《はつね》ミク——ではなく、「編曲」、ミ（ッ）ク

（ス）でした。命名センスゼロ……！

更にミクが姉になることがあったら（ア）レン（ジ）という名前になるのではないでしょうか……。

私は本当に人の名前をつけるのが苦手中の苦手なので（カタカナ名前は特に！）、「どういう由来でこんな名前に？」ということを考えながら読んでいただけたら……読後も数分は楽しめるかもしれません！　笑。

長々と与太話をしてしまいましたが、このたびもお忙しい中美しい挿画を描いてくださいました金《かね》先生、ありがとうございました！　ミクの可愛さは世界一……作中でスハイルのミク溺愛シーンをほぼ書けなかったのですが、金先生の書かれたミクを拝見して「これは……！　スハイルは大変なことになっているのでは……！」と思いました。

そして今回も多大なるご迷惑をおかけしました、担当O様、M様。ありがとうございました！

そして、これを読んでくださっている皆様にもあふれんばかりの感謝をこめて！

次の本でもまたお会いできましたら光栄です！

２０１９年5月　茜花らら

溺愛君主と身代わり皇子2

できあいくんしゅとみがわりおうじ

茜花らら

イラスト：古澤エノ

本体価格 870 円+税

高校生で可愛らしい容貌の天海七星は、突然アルクトス公国という国へトリップしてしまう。そこは、トカゲのような見た目の人や猫のような耳しっぽがある人、モフモフした毛並みを持つ犬のような人などが普通の人間と共存している世界だった。当初、七星はラナイズ王子の行方不明になっていた弟・ルルスと間違えられ王子に溺愛されるが、紆余曲折ありながら結ばれることとなった。婚儀の日が迫るなか、魔法の勉強をしたり、反逆の罪で囚われたルルスの心の殻を取り除こうとしたりする七星だったが、突然ラナイズの不在中に宮殿が何者かから襲撃されて…!?

リンクスロマンス大好評発売中

眠れる地図は海賊の夢を見る

ねむれるちずはかいぞくのゆめをみる

茜花らら

イラスト：香咲

本体価格870円+税

長い銀の髪を持つ身よりのないイリスは、港町の教会に引きとられ老医者の手伝いをしながら暮らしていた。記憶がないながらも過去のトラウマから海と海賊を苦手としていたイリスは、ある日、仕事の途中で港に停泊していた海賊に絡まれてしまう。そこに現れた赤髪に金の瞳を持つ長躯の男・海賊のハルに助けられ、さらに名前を知ったハルは記憶を失ったイリスの過去を知っていると言う。動揺するイリスを前に、宝の地図のため、「俺は、お前をさらうことにした」と、助けてくれたはずのハルにさらわれてしまい…!?

LYNX ROMANCE

小説原稿募集

リンクスロマンスではオリジナル作品の原稿を随時募集いたします。

募集作品

リンクスロマンスの読者を対象にした商業誌未発表のオリジナル作品。
（商業誌未発表のオリジナル作品であれば、同人誌・サイト発表作も受付可）

募集要項

＜応募資格＞

年齢・性別・プロ・アマ問いません。

＜原稿枚数＞

４５文字×１７行（１枚）の縦書き原稿、２００枚以上２４０枚以内。
※印刷形式は自由。ただしＡ４用紙を使用のこと。
※手書き、感熱紙不可。
※原稿には必ずノンブル（通し番号）を入れてください。

＜応募上の注意＞

◆原稿の１枚目には、作品のタイトル、ペンネーム、住所、氏名、年齢、電話番号、メールアドレス、投稿（掲載）歴を添付してください。
◆２枚目には、作品のあらすじ（４００字～８００字程度）を添付してください。
◆未完の作品（続きものなど）、他誌との二重投稿作品は受付不可です。
◆原稿は返却いたしませんので、必要な方はコピー等の控えをお取りください。
◆１作品につき、ひとつの封筒でご応募ください。

＜採用のお知らせ＞

◆採用の場合のみ、原稿到着後６カ月以内に編集部よりご連絡いたします。
◆優れた作品は、リンクスロマンスより発行させていただきます。
原稿料は、当社既定の印税でのお支払いになります。
◆選考に関するお電話やメールでのお問い合わせはご遠慮ください。

宛先

〒151-0051
東京都渋谷区千駄ヶ谷４−９−７
株式会社　幻冬舎コミックス
「リンクスロマンス　小説原稿募集」係

この本を読んでの
ご意見・ご感想を
お寄せ下さい。

〒151-0051
東京都渋谷区千駄ヶ谷4-9-7
(株)幻冬舎コミックス　リンクス編集部
「茜花《さいか》らら先生」係／「金《かね》ひかる先生」係

リンクス ロマンス

翼ある后は皇帝と愛を育む

2019年5月31日　第1刷発行

著者……………茜花《さいか》らら
発行人…………石原正康
発行元…………株式会社　幻冬舎コミックス
〒151-0051　東京都渋谷区千駄ヶ谷4-9-7
TEL 03-5411-6431（編集）
発売元…………株式会社　幻冬舎
〒151-0051　東京都渋谷区千駄ヶ谷4-9-7
TEL 03-5411-6222（営業）
振替00120-8-767643
印刷・製本所…株式会社　光邦
検印廃止

ISBN978-4-344-84407-0 C0293
Printed in Japan

幻冬舎コミックスホームページ　http://www.gentosha-comics.net